JN049008

乙女ゲー転生に失敗して推しに取り憑いたら、溺愛されちゃいました！

目次

乙女ゲー転生に失敗して推しに取り憑いたら、
溺愛されちゃいました！

プロローグ

どうしよう。ヤバイ、いよいよ死んでしまう。

ズキズキと痛む胸元を押さえ、朦朧とする意識の中で、來実は手探りでナースコールを押した。

加月來実は生まれつき病弱だった。

医者には長く生きられないだろうと宣言されていて、十八歳まで生きられたのは奇跡とまで言われている。今まで何度も発作はあったが、今回の発作はいつもと違った。

死を間近に感じて、來実の脳裏に後悔が過る。

(ぐっ、まだ……『ぴゅあ恋学園』の続編がプレイできていないのに!)

來実の趣味は乙女ゲームをプレイすることだった。

ここまで生き延びられたのは、生への執着……というよりも、新作ゲームをプレイしたいという欲望のおかげかもしれない。

乙女ゲームは素晴らしい。

長い闘病生活で学校にも通えなかった來実は、恋や青春に縁がなかった。

満足に外出することもできない身体だけれど、ゲームの中では自由に恋愛ができる——乙女ゲームは、來実にとって生きがいだったのだ。

胸の痛みに耐えながら、來実はベッド横に置かれたチェストへと手を伸ばした。

そこには、充電器に差したままの愛用ノートパソコンがある。

（ああ、死ぬならば最後にガーシェルムに会いたかった）

大好きな乙女ゲームの中で、最も來実がハマったゲーム。

それが、『魔法学園のシュメシ』という、ファンタジー世界の学園が舞台の成人向け乙女ゲームだった。成人向けゲームであるため、ゲーム機ではなくパソコン専用ソフトなのだが、これがたまらなく面白い。

濃厚な描写があるラブシーン目当てで購入したのだけれど、プレイしてみると、それだけではなく世界観やストーリー、魅力的なキャラクターにも魅了されてしまった。

中でも來実が夢中になったのが、攻略キャラクターのひとりであるガーシェルムだ。

いわゆる、ツンデレ枠と言われるこの青年。口調はぶっきらぼうなのだが、その裏に隠れる孤独や優しさがたまらないのだ。ビジュアルから声まで、なにもかもが、來実の好みの中心を射貫いていた。

このまま死んでしまうなら、どうか、乙女ゲームの世界に転生したい。

全身を襲う苦痛に耐えながら、來実はそう強く願った。

目の前が真っ暗に染まり、意識が闇の中へと落ちていく。

こうして、加月來実は十八の若さで生を終えたのだった。

転生に失敗したようです

気がつくと、來実は見知らぬ場所に立っていた。

どこか歴史情緒を感じる美しい部屋だ。

木目の浮いた床にはアラベスク模様の絨毯(じゅうたん)が敷かれ、壁には石造りの暖炉が取りつけられている。

置かれた家具はすべてアンティーク調で、落ち着いた色合いが、どこか古めかしさを感じる内装に馴染(なじ)んでいる。

部屋の隅にある戸棚には様々な瓶が並んでいて、中に入った不思議な色をした液体が淡く発光していた。

初めて見るはずの光景。

なのに、來実はなぜだかこの部屋に見覚えがあるような気がした。

(ここは、どこ?)

來実はどうして自分がここにいるのか思い出せなかった。

ついさっきまで、來実は病室にいたはずだ。凄(すさ)まじい胸の痛みに苦しみながら、どうにかナースコールを押したところまでは覚えている。

(あの痛みが、消えている?)

記憶を辿ろうとして、來実は自分の身体が軽くなっていることに気がついた。

長年來実を苦しめていた、全身を這い回るような身体の痛みがない。

少し動かしただけでも悲鳴を上げるほど軟弱な身体だったはずなのに、今は思わず走り出したくなるくらいに、全身が軽かった。

(軽いっていうか、むしろこれは――)

「貴様、私の部屋で何をしている！」

來実の思考を遮って、男性の鋭い声が聞こえた。

驚いて顔を上げると、部屋のドアの前に美しい男性が立っていた。

派手な色彩をした男だ。冬の空のようなスカイグレーの髪。その一部に、鮮やかな青のメッシュが入っている。その色と同じ、輝くサファイアの瞳は切れ長で鋭く、どこか冷ややかな印象だ。

さらに色白で背が高く、ギリシア彫刻を思わせるほど彫りの深い顔は日本人には見えない。

恐ろしく整った顔立ちの青年を見て、來実は顎が外れそうになるくらいに口を開けた。

「ガ、ガガガガガ、ガーシェルムゥウゥ!?」

彼のことを見間違えるはずがない。

シナリオコンプリート率百パーセント。台詞を覚えるほど繰り返してシナリオを読み込み、スチルは何度も眺め尽くした。

目の前の男性は、大好きなゲームである『魔法学園のシュメシ』に登場する推しにそっくりだったのだ。容姿はもちろん、騎士服を思わせるようなマントのついた黒い制服まで、ゲームの立ち絵を忠実に再現している。

(間違いない、彼はガーシェルムだ)

まるでゲームの世界から抜け出したような、クオリティの高いコスプレイヤーは存在するが、目の前の男性はあまりにもそのままだった。

「気安く私の名を呼ぶな。貴様、何者だ」

冷たく突き放すような言葉を聞いて、來実のテンションがますます上がる。

これぞ、まさしくガーシェルムである。

「も、も、もっと喋(しゃべ)ってください!」

「は?」

來実の口から思わず願望が漏れると、ガーシェルムの眉間に皺(しわ)が寄る。

その不機嫌そうな表情も立ち絵そのままで、來実は感動した。

「あああ、その表情、仕草っ、完璧です! どこまでも理想そのものっ!」

「な、なんだ貴様。おい、近づくな!」

思わず來実が身を乗り出すと、ガーシェルムは逃げるように後ずさる。

彼は制服の内ポケットからワンドを取り出すと、來実に向かってまっすぐ構えた。

先端に青い魔石が埋まった杖の武器まで、ゲームそのままだ。

「離れろゴースト、私に何をするつもりだ!」

ガーシェルムに敵意を向けられて、來実ははっと動きを止めた。

目の前に突然推しが現れてつい興奮してしまったが、これではただの変態である。

とにかく敵意がないことを分かってもらおうと、來実は両手を上げた。

「待ってください。私は怪しい者じゃありません」

「勝手に人の部屋に入り込み、おかしなことを口走って、怪しくないと？」

ごもっとも。第三者の視点で見れば、來実は間違いなく不審者だ。推しの部屋に入り込む、ストーカーまがいの厄介なファンである。

(というか、ここはガーシェルムの部屋なの⁉)

目の前に現れたガーシェルムに気を取られていた來実は、改めて周囲を見回す。

ガーシェルムと親しくなると、彼の部屋に誘われるイベントが発生する。この部屋は、そのイベント内で見られる背景に酷似していた。

資料がたくさん積まれたアンティーク調の机や、部屋の端にずらりと並んだ魔法薬の棚。その前に置かれた調合スペースや器具まで、ゲームとまったく同じだ。

「ここがまさしく、聖地……」

「なにを意味の分からないことを言っている」

あまりの尊さ（とうと）に、思わず両手を合わせて拝み始めた來実に、冷たい視線が突き刺さる。

いけない。推しの部屋に感動している場合ではない。

とにかく、ガーシェルムに自分が無害であることを分かってもらわないと。

ガーシェルムは険しい表情のままワンドを來実に突きつけ、今にも攻撃をせんばかりの体勢なのだ。この警戒を解かなければ、まともに話もできやしない。

「あなたからすればとても怪しいと思うんですが、なにか悪いことをしようと思ってここに来たわけじゃないんです。というか、どうしてここにいるか、まったく分からなくて」

喋(しゃべ)りながら、來実はどうして自分がここにいるのか首を傾げた。

何度記憶を辿(たど)ってみても、この場所にやってきた記憶がない。病室で倒れてしまってから先の記憶が、ぱったりと途切れているのだ。

あの胸の苦しさは、通常の発作ではなかった。そのはずなのに、すっかり苦しさも身体の重さも消え失せているということは——

「私、死んだと思うんですけど、どうしてここにいるんでしょうか」

「それはもちろん、死んだからだろうな。ゴーストというのは、死んだ人間がなるものだ」

「ゴースト？」

「自覚がないのか？　自分の身体を見下ろしてみろ」

ガーシェルムに指摘されて、來実は自分の身体を見下ろした。

來実は病室にいたときと同じ、パジャマ姿だった。こんな恰好(かっこう)で推しの前に立っていたのかと思うと、恥ずかしい。

けれどもそれ以上に、來実には気にしなければならないことがあった。

「わ、私の身体、透けているんですけど！」

半透明になった身体を見て、來実は思わずそう叫んだ。

自分の身体の向こうに絨毯の模様が見えているような状態だ。

（これって、つまり幽霊？　私、転生したんじゃなくて、幽霊としてこの世界にトリップしちゃったの？）

死ぬ直前、確かに來実は乙女ゲームの世界に転生したいと願った。

けれどもそれは、赤ん坊として生まれ変わりたいという意味で、決して幽霊になりたいという意味ではない。

「光魔法の使い手の部屋に迷い込んでくるとは、愚かなゴーストだ。すぐに浄化してやろう」

ガーシェルムの言葉に呼応するように、ワンドの先端が光り始める。

あのワンドは、魔法の威力を増幅するものだったはずだ。その先端を向けられて、來実は慌てた。

「ま、ま、待ってください、話を聞いて！」

光魔法は、治癒と精神をつかさどる魔法だ。身体を癒し、悪しきもの――ゴーストや悪魔といった、実体を持たない精神生命体を浄化する。

もしも來実が本当にゴーストならば、一瞬で消されてしまうはず。

「ゴーストの話など、聞くはずがなかろう」

ガーシェルムは問答無用で呪文を唱えると、來実に向かって白い光を放った。

「消えろ」

「っ――！」

眩しい光の中で、來実は小さく悲鳴を上げた。

（せっかく推しに会えたのに、こんなにすぐ消えたくないっ！）

けれども想像していた痛みは訪れず、身体にはなんの変化もない。

「……なに？」

浄化の光が消えたあともその場に佇む來実を見て、ガーシェルムは驚いたように目を見開く。

「失敗したか。なら、もう一度だ」

ガーシェルムは顔を顰め、再び來実に向けて浄化魔法を放った。けれども先ほどと同じく、眩しいだけで來実にはなんの効果もない。

そのあと、ガーシェルムは何度も浄化魔法を使ったが、やはり結果は同じだった。

ガーシェルムは忌々しそうに自分のワンドを見てから、じろりと來実を睨む。

「なぜ効かない。貴様、ゴーストではないのか？」

「わ、分かりません」

ガーシェルムの疑問に答えてやりたいが、來実にもどうして自分がここにいるのか、まったく見当がつかないのだ。

「私、気がついたらこの場所にいたんです。どうしてここにいるのか、覚えていなくて」

説明しながら、來実は情けない顔になった。

『魔法学園のシュメシ』の世界に行きたいと思っていた。

しかし、まさかこんな状態で転生するとは思っていなかったのだ。

それとも、これは夢なのだろうか。もしそうなのだとしたら、ヒロインとまではいかずとも、せめて健康な身体で登場したかった。

「ゴーストとはそういうものだろう。にしても、私の魔法を食らって浄化しないどころか、平然としているのも珍しい」

　ガーシェルムは顎(あご)に手を当てながら、まじまじと観察するように來実を眺めた。

　至近距離で見つめられ、來実は思わず頬を染める。

（か、顔が良い！）

　こんな状況で見惚れるのもどうかと思ったが、胸がときめくのを止められない。

　ガーシェルムは何もかもが、來実の好みのど真ん中なのだ。容姿はもちろん、人を寄せつけないぶっきらぼうな物言いも、心を開いた者にだけ見せる甘い表情も、どれも來実の心に刺さる。

（ゴーストだとしても、こうやってガーシェルムと話せるなんて、幸せすぎる！）

「――聞いてるのか」

「はいっ、すみません、聞いていませんでした！」

　來実がびしっと背筋を伸ばすと、ガーシェルムは嫌そうに顔を顰(しか)めた。

「貴様はどうすれば浄化するのかと聞いたんだ。この世に未練があるから、ゴーストになったのだろう」

　ガーシェルムの言葉に、來実は目を瞬(またた)いた。

「未練と言われれば、たくさん思い当たりますけど……」

　健康な身体に産まれたかった。

普通の女の子みたいに、学校に通って青春を謳歌(おうか)したかった。

とはいえゴーストになるほど強い未練だったのかと問われれば、首を傾げざるを得ない。

そんなことは無理なのだと來実はとっくに諦めていたのだ。

(しかも、普通なら化けて出るにしても、その世界で化けるものだよね)

死んだ人間が化けて出たなんて話は聞くが、異世界に——それも、ゲームの世界に化けて出るなんてことはあるのだろうか。

そこまでするほどの心残りと言えば——

「しいて言うなら、あなたに会ってみたかったですね」

「貴様と私は初対面のはずだが」

「はい。一方的に存じ上げておりました」

來実がそう告げると、ガーシェルムは気味が悪そうに顔を歪めた。

「私に会ってどうするつもりだったのだ」

「それはもちろん、壁になってあなたの恋を見守ります！」

拳(こぶし)を握りしめて、來実は力説した。

ゲームのようにガーシェルムと恋愛したいと思うのが普通なのかもしれないが、來実はヒロインになりきるタイプではなく、ヒロインとの恋を見守るタイプのヲタクだった。

ヒロインに成り代わりたいのではなく、間近でその恋を見届けたい——そう考えると、ゴーストというのは最適なポジションではないだろうか。

「それはつまり、私に取り憑くという宣言か？」

「そんなつもりは……いや、そうなるのかも」

ガーシェルムに背後霊のように取り憑いて、ヒロインとの恋を見守れたら、なんて素敵だろうか。

「是非、取り憑かせてください！」

「断る！　消えろ、ゴーストが」

ガーシェルムはそう言うと、再びワンドを來実に向けて魔法を放った。

ワンドは浄化の光を放つが、先ほどと同じく、來実はなんの影響も受けない。

どうやら、ガーシェルムに來実を浄化することはできないらしい。

それが分かって、來実はにやりと口元を歪めた。

「ふふふふ。どうやら、力ずくで消すことはできないみたいですね」

「くそ、忌々しい」

「拒絶したって無駄ですよ。悪いようにはしません。いえ、むしろ、ガーシェルムの恋を応援しますので！」

『魔法学園のシュメシ』は乙女ゲームだ。攻略対象は複数いて、ヒロインの選択によって恋をする相手が変わっていく。つまり、この世界のガーシェルムがヒロインと結ばれるかはまだ分からない。

けれども、來実はイベントの内容をすべて覚えている。來実が協力すれば、他の攻略対象を出し抜いて、ガーシェルムがヒロインと恋愛することも可能なはず。

來実は拳を握りしめて力説するが、ガーシェルムは冷めた目で來実を見るばかりだ。

「馬鹿馬鹿しい。誰が恋などするものか」

冷めたガーシェルムの言葉を聞いて、來実は緩(ゆる)みそうになる表情を必死で引き締めた。

(こんな風に恋愛を馬鹿にしているけど、結局ヒロインに夢中になるんだよね)

ガーシェルムは好感度が低いときは物言いが冷たいが、好感度が上がると、途端に甘くなる。

いわゆる、ツンデレ枠というやつなのだ。

「なにを笑っている、不愉快だ」

「すみません。でも、私は出て行きませんよ！　必ずガーシェルムの役に立ちますから」

「必要ない、邪魔だ、消えろ」

そのあともふたりは、出て行け、行かないと押し問答を繰り返した。

しびれを切らしたガーシェルムが、強制的に來実を部屋から追い出そうとしたが、ゴーストである來実には実体がない。腕を掴(つか)んで連れ出そうにも、手がすり抜けてしまうのだ。

浄化魔法も効かないため、ガーシェルムが來実にできることがなにもない。

來実が自分の意思で出て行かない限り、追い出す手段がないと分かり、ガーシェルムは低い声で唸(うな)った。

最後には勝手にしろとガーシェルムが捨て台詞(ゼリフ)を放ったことで、來実は彼の側に居座る権利を得たのだった。

ヒロインへのアプローチ

翌朝、ぐったりと疲れた様子のガーシェルムの隣で、來実はご機嫌だった。

なにせ、ゲーム画面で見るだけだった魔法学園の中を歩いているのだ。

魔法学園は、正式にはシャーロン国立魔法師養成学園という。シャーロン魔法王国内の、魔力を持つ者を育成するための機関である。しかし、その門戸は誰にでも開かれているわけではない。

シャーロン魔法王国は、その名前の通り魔法使いが建国した国だ。

五百年前、魔法使いはその異端の力ゆえに迫害を受けていた。

そんな彼らが集まって、未開の地であったシャーロンに魔法使いの理想郷を創ったのが、国の起こりだ。そのとき力を貸した魔法使いの子孫が、今のシャーロン貴族である。

ゆえに、シャーロンの貴族たちはみな魔法使いの血を受け継いでいて、魔法が使えた。

この魔法学園は、貴族のご令息ご令嬢のための学校なのだ。

通う人間が貴族であることが前提のため、学園の内装も美しく凝ったものとなっている。

天井は優美なアーチを描き、腰壁のついた廊下には絵画が飾られていて華やかだ。学園というよりも、お城のような雰囲気であった。

「さすがはシャーロン魔法学園。どこもかしこも、とっても素敵ですね！」

來実が大声ではしゃいでみても、廊下を歩く生徒たちは気にした様子もない。どうやら來実の姿は、ガーシェルム以外には見えていないようなのだ。

強い光魔法の素質を持っているガーシェルムだから來実が見えるのか、はたまた、來実が推しである彼に取り憑こうと思ったからなのか。

理由は分からないが、來実がガーシェルムの側をうろうろしていても、咎められる心配がないのはありがたい。

ちなみに、最初にこの世界に来たときの來実は病院で着ていたパジャマ姿だったのだが、今は魔法学園の制服を着用した姿になっている。実体がないので、衣服は來実の意識ひとつで切り替えられるようだ。

ガーシェルム以外、誰からも見られることはないが、着替えられるのはありがたい。

「あまりうるさくしないでくれ。寝不足の頭に響く」

ガーシェルムは額を押さえながら、來実を睨んだ。

彼はどうやら、部屋に居座るゴーストが気になって、なかなか眠れなかったらしい。

彼の睡眠を邪魔するつもりがなかった來実は、ガーシェルムが眠っている間は廊下に出ていたのだが、それでもいつゴーストが戻ってくるかと思うと安眠できなかったのだとか。

來実も、ゴーストになって初めての夜は慣れなかった。なにせ、身体がないので、眠ることができないのだ。

生きていたときに感じていた身体の痛みがないのはありがたいが、お腹も空かないし、喉も渇かない。おまけに、なにかに触ろうとすれば、すり抜けてしまう。

自分の身体が壁やドアをすり抜けるのは、感覚がないとはいえ、気持ちの良いものではなかった。

妙なのはそれだけではなかった。

しばらくしてから気づいたのだが、來実はいつの間にか日本語ではない言葉を話していたのだ。

この世界、どうやら独自の言語が使用されているらしい。

不思議な響きの言葉なのだけれど、來実はその言葉を母国語であるかのように自然と理解して使用することができた。

しばらくの間、自分が話している言葉が日本語ではないと気づけなかったくらいだ。

どうして言葉が理解できるのか分からなかったが、これも來実がゴーストになってしまったことと関係しているのかもしれない。

「次の講義は水魔法学だというのに……万全の状態で受講できないとは」

ガーシェルムは忌々(いまいま)しそうに顔を顰(しか)めた。

水魔法学と聞いて、來実は眉根を寄せる。

ガーシェルムは、ガーシェルム・スタンバーグという、スタンバーグ家の嫡男だ。この家は代々優秀な水魔法使いを輩出(はいしゅつ)している。

『魔法学園のシュメシ』の世界では、髪の色は魔法の属性に左右されるため、水魔法の使い手は必然的に青系の髪色になる。

初代スタンバーグ侯爵は、深い海のような藍色の髪をしていた。その濃さは違えど、スタンバーグを継ぐものは美しい青色の髪をしているのが常である。

けれども、ガーシェルムの髪は銀色に近いスカイグレー。スタンバーグ家の一員であることを示すように、髪の一部だけがメッシュのように青に染まっているが、その大部分は光属性を示す銀色だ。

それゆえ、スタンバーグ家の代名詞である水魔法は、ごく初歩の魔法ですら使えない。ゲームの中のガーシェルムは、そのことに強いコンプレックスを抱いていた。この世界がゲームと同じであるなら、彼も水魔法には並々ならぬ執着があるのだろう。

授業に向かうガーシェルムの目には、焦りが見える。

心配になって、來実は思わずつぶやいた。

「水魔法の講義に、アレラが来てるといいんですけど」

「アレラ？　キューカ男爵の養子となった、アレラ・キューカのことか？」

アレラはこのゲームのヒロインだ。

貴族しか入れないこの学園で、アレラは平民の出自であった。

シャーロン魔法王国では、国民全員が魔法を使えるわけではない。魔力は血筋に由来するため、先住民や移民が多いこの国の平民は魔法が使えない者のほうが多いのだ。

魔法の源（みなもと）である魔力は、全部で六種類の属性があって、その属性の魔力を持っていないと魔法が使えない。火属性の魔力を持つ者は、火に関する魔法しか扱うことはできない、というように、魔力の系統は基本的にひとりにひとつ。多くても三つの属性までだ。

その中で、アレラは全属性の魔力の持ち主だった。平民であるアレラが六種すべての魔法を扱えるのは、とても珍しいことだ。

そんなアレラの存在を知ったキューカ男爵が、彼女を養子にして、無理やりこの学園に放り込んだのがゲームの始まりだ。

『魔法学園のシュメシ』はパラメーター育成型の恋愛シミュレーションゲームである。

各攻略対象のルートに入るには、それぞれに対応した魔法の能力値を上げなければいけない。

ガーシェルムの攻略を狙うのであれば、水魔法と光魔法は必須。

つまり、アレラが水魔法の講義を受けているなら、ガーシェルムのルートに入る可能性が上がる。

「貴様はアレラの知り合いなのか？」

「できれば貴様じゃなくて、來実って呼んでくれると嬉しいんですけど」

「ゴーストと親しくするつもりはない」

名前で呼んでほしいという小さな希望を切って捨てられ、來実は肩を竦めた。

残念だが仕方がない。彼は親しくない人間には基本的に塩対応なのだ。

「アレラのことは、一方的に知っているんです。アレラだけじゃなくて、ガーシェルムのことも知っていますよ」

「嘯くな。ゴーストが私のなにを知っている」

「ガーシェルム家の嫡男で、光魔法の優秀な使い手ですよね」

來実が言うと、ガーシェルムは不快そうに眉根を寄せた。

「その程度のこと、学園の者であれば誰でも知っている」

「それだけじゃありません。好きな食べ物はポルポル鶏の煮つけ。それも、トマトと砂糖の入った甘い味が良いんですよね。少年期に湖で溺れた経験があって、それ以来、水辺が少し苦手。屋敷の庭に入り込んでくる茶色い野良猫をニャーゴと呼んで、密かに可愛がって――」

「わあああぁっ！」

ガーシェルムは顔を真っ赤にして、來実の言葉を遮るように大声をあげた。

「貴様、なぜそれを⁉」

「さて、どうしてでしょうか」

ガーシェルムの反応が楽しくて、來実がニヤニヤと笑うと、彼は顔を背けた。

「浄化魔法さえ通じれば、今すぐ消し去ってやるものを……」

懐のワンドに手を伸ばしたガーシェルムを見て、來実は慌てて真面目な顔をする。

「わわ、すみません。からかいすぎました」

「正直に話せ。なぜ、私の個人情報を知っている。屋敷の猫のことなど、家族でさえも知らぬというのに」

見ず知らずのゴーストに自分の秘密を知られているのは不気味だろう。

ガーシェルムが怒るのはもっともだが、素直に話したところで、果たして納得してもらえるだろうか。

「嘘をつくなって怒らないでくださいね？」

「正直に話せば、そのようなことは言わない」

前置きをすると、ガーシェルムは怪訝そうに眉を跳ねさせる。

「私が生きていた頃、この学園を舞台にしたゲームをプレイしたんです」

來実が正直に打ち明けると、案の定、ガーシェルムは理解できないという顔をした。

「ゲーム？　ドレイドルのようなものか？」

ドレイドルというのは、サイコロを使ったギャンブルのようなゲームだ。

コンシューマーゲームのない世界で、乙女ゲームのことを説明するのは難しい。

「すみません。ゲームという言葉は忘れて……そうだ、少し特殊な書物だと思ってください。途中で読む人間が物語の続きを選べて、幾重にも話が分岐していく書物です。ガーシェルムやアレラのことが物語になっていて、ガーシェルムの好物や過去なんかもそれに書かれていました」

「私のことを調べて、書物にしたためた不届き者がいるということか？」

「そういうのとは違うと思います。なにせ、私がいたのは異世界でしたから」

「異世界だと？　ふざけたことを」

來実の言葉を聞き、案の定、ガーシェルムは声に怒りを滲ませる。

「正直に話しても、やっぱり怒るじゃないですか！」

「ふざけているのではなく、本当に異世界から来たというつもりか？」

「そうですよ！」

この世界で、異世界がどのくらいの信憑性をもって知られているのか、來実は知らない。

けれども、ガーシェルムの反応から察するに、異世界の存在はおとぎ話と同じような感覚なのだろう。

「異世界から人が来るなど、聞いたことがないぞ」

「まあ、私は人ではなくてゴーストみたいですし」

「屁理屈を。そもそも、貴様が異世界の人間だというなら、どうしてこの国の言葉を知っている。異世界でも同じ言語が使われていると言うつもりか？」

「それは、まぁ、よく分からないんですけど……」

來実の声から徐々に力が失われていく。

『魔法学園のシュメシ』は異世界という設定だったが、日本人向けに開発されたゲームなので、当然ゲーム内で使用されている言語は日本語だった。

けれども、実際にガーシェルムが喋(しゃべ)っている言葉は日本語ではない。独自の言語だ。ならば來実には理解できないはずだが、不思議なことに彼女はその言語をすんなりと扱うことができる。

それは文字も同様で、初めて見る形の文字なのに、スラスラと読むことができた。

「ゲーム補正なんでしょうか。それか、転生チートとか……」

「意味の分からない言葉で誤魔化すな。やはり、信憑性(しんぴょうせい)に欠ける」

ガーシェルムは、來実が彼をからかっているのだと判断したらしい。不愉快そうに吐き捨てて、速足で教室へと歩いて行った。

彼の背中を追いかけながら、來実は無理もないと肩を落とす。

なにせ、來実でさえまだ乙女ゲームの世界にいることが信じられず、夢を見ているような感覚なのだ。

（でも、できればガーシェルムには幸せになってほしい）

『魔法学園のシュメシ』では攻略対象それぞれが悩みを抱えており、ヒロインがそのルートに進むことによって、選ばれた相手の問題が解決するという構造になっている。

ガーシェルムの場合、ヒロインが彼のルートに入ることによって、水魔法の才が開花する。

來実はガーシェルムと出会ったばかりだが、ゲームの知識で、彼がずっと水魔法が使えないことで悩んでいるのを知っていた。

推しである彼には、是非ともヒロインと結ばれて幸せになってほしいのだ。

（そしてあわよくば、あんな甘いささやきも、あのシーンも……生で見たい！）

このゲームには年齢指定のレーティングがあり、恋愛描写が普通の乙女ゲームよりも過激であった。恋愛経験のない來実は、その大人な描写にとても興奮した。

さすがにふたりのラブシーンを覗き見るのは良心が咎めるが、その直前くらいまでは目にしてもバチは当たらないのではないか。否、バチなど当たらないに決まっている。

そのためにゴーストとしてこの世界に来たのかもしれない。

今の來実は壁をすり抜けられるし、クローゼットの中にこっそり侵入することだってできる。

己の欲望のためにも、ふたりには結ばれてもらわなければと、來実は透明な拳をぐっと握りしめたのだった。

水魔法の授業に、アレラは参加していなかった。

魔法学園は日本でいう大学のようなシステムで、生徒が受けたい講義を自分で選択する。

基本的に自分の属性に関係している講義に参加するのだが、アレラはすべての属性に適性があるため、どの講義に参加していてもおかしくない。おそらく水魔法の講義の時間は、同時刻に行われていた別の講義に参加していたのだろう。

そのあとの光魔法の授業にはアレラがいたが、ガーシェルムと会話している様子はない。

どうやら、アレラはガーシェルムの好感度をあまり上げていないようだ。

ガーシェルムもアレラに対して特別な感情を持っているようには見えない。

(授業の内容を見る限り、まだゲームの序盤って感じみたいだけど)

アレラはどの攻略対象と仲良くなっているのだろうか。

彼女の動向が気になった來実は、光魔法の授業のあと、ガーシェルムから離れてアレラを調べることにした。

「ガーシェルムは、もう寮部屋に帰るんですよね。私はちょっとアレラが気になるので、彼女の様子を見に行こうと思うんですが」

授業で使った道具を片づけるガーシェルムにそう言うと、彼は眉を顰(ひそ)めた。

「なぜ私に許可を取る、勝手にすればいいだろう。なんなら、もう戻ってくるな」

「そんな冷たいこと言わないでください。絶対戻ってきますから、待っていてくださいね！」

ガーシェルムはうんざりした様子でため息を吐く。

迷惑がられていることは分かっているが、今のところ來実の姿が見えるのも、声が聞こえるのもガーシェルムだけなのだ。いくら自由に動けたとしても、誰にも認知されないというのは寂しいものである。

推しだからというだけでなく、來実は会話ができるガーシェルムの側にいたかった。

しっしっと、犬を追い払うような仕草をするガーシェルムのもとを離れて、來実はアレラを尾行する。

アレラが向かったのは学園の女子寮だ。

魔法学園の敷地は広い。お城のような本棟とは別に、各地の書物が集められた図書館や、生徒が暮らす男子寮と女子寮が存在する。

男子寮と女子寮の間には男女両方が使用できる食堂やサロンが設置されていて、その周囲には美しい中庭が整えられている。

その中庭を抜けて、アレラは女子寮の扉を潜った。

アレラには來実の姿が見えていないらしく、來実は堂々と彼女のあとをつけることができた。

アレラはこの世界の庶民に多い黒髪をした、素朴な雰囲気の少女だった。すべての属性を持っているため、様々な色が混ざり合い、その結果、魔力を持たない人間と同じような黒髪をしているのだ。

ゲームでは好感度が高い人間がいれば、ランダムで放課後に何かしらの誘いがある。けれども、アレラはどこに寄ることもなく、まっすぐ廊下を歩いて自室へ向かった。

(まだ、仲が良い攻略対象はいないのかな)

男爵令嬢という立場の彼女は、人通りが多い寮の入り口近くの部屋を割り当てられている。

そう歩くこともなく部屋にたどり着いたアレラは、アンティークな飾り扉を開いて部屋へと入った。

アレラの部屋は、記憶にあるゲーム画面と同じだった。

シンプルながらも、可愛らしさのある内装。部屋に置かれている家具は基本的に学園のものだが、ピンクのカーテンや寝具は彼女が持ち込んだものだろう。落ち着いたインテリアに華やかさを添えていた。

侯爵家であるガーシェルムの部屋と比べて、男爵家であるアレラの部屋は狭い。それでも、來実が入院していた病室より広く、小さなキッチンや魔法コンロなども設置されていた。

アレラは部屋に戻るなり、学習机へと向かい授業の復習を始めた。

本来なら学園に入ることができない身分のアレラは、優秀な成績を維持することを義務づけられている。ゆえに、こうして普段から努力しているのだろう。

(ゲームと同じ風景だけど、ゲームじゃないんだよね)

ゲームでは、放課後の誘いがなければ、一日の行動が終了して自動で翌日に切り替わる。

けれども、当然ながら授業が終わっても勝手に時間が進むということはなく、目の前にいるアレラは成績を維持するために懸命に努力をしていた。

來実はアレラに近づき、そっと学習机に触れる。

ゲーム内では学習机に触れると、現在のステータスと攻略対象の好感度を確認するポップアップウィンドウが開くが、当然ながら來実が机に触れても何も出てこない。

(やっぱり、好感度は分からないか)

大好きな『魔法学園のシュメシ』の世界。それが、ゲームではなく現実として目の前に広がっている。

できることなら、この世界に転生してみたいと思っていた。

だが、今の來実はゴーストだ。アレラに話しかけても声が届かないし、ガーシェルム以外の人間には認識さえされない。

初めは、死ぬ前に見ている夢なのかと思った。けれど、夢にしては妙にリアルだし、夢から覚める様子もない。ならばやはり來実は死んでしまって、魂だけがこの世界に飛ばされたのだろう。

こんな中途半端な状態で、來実になにができるのか。

(今の私にできることは、ガーシェルムの後押しをすることだけ)

大好きなゲームの中で一番好きだったキャラクター、ガーシェルム。彼にだけ來実が見えるということに、運命を感じずにはいられない。

彼をゲーム通りの幸せなエンディングに向かわせるのが、來実がこの世界に呼ばれた理由なのではないかと思うほどだ。

生前、來実はずっと闘病生活で、なにも残すことができなかった。だからこそ、これは最後に神様がくれたチャンスなのかもしれない。

そんなことを考えながら、來実は黙々とアレラの様子を観察する。

(アレラって、清楚で真面目なんだよね。でも、恋をするとすごく可愛い)

ゲーム画面のアレラを思い出して、來実はニヤニヤと頬を緩める。

早く彼女がガーシェルムと恋するところが見たくてたまらない。

アレラには來実の姿が見えないようだし、やはり、そのためにはガーシェルムに働きかけるのが一番だろう。

アレラの観察をある程度終えると、來実はガーシェルムのもとへと戻ることにした。


「ただいま戻りました！」

來実が明るい声で挨拶をしながらガーシェルムの寮室へ入ると、ガーシェルムがうんざりした顔をした。

「部屋の鍵はかけていたはずだが？」

「ゴーストに鍵が通用するはずないじゃないですか」

部屋のドアをすり抜けた來実は、腰に手を当ててフンッとふんぞり返る。

ガーシェルムは大きくため息を吐き出した。

「貴様は、いつになったら消えるんだ」

「残念ながら、あなたを幸せにするまで居座りますよ」

「ゴーストにつきまとわれているという、この状況が不幸だ」

そう思うのも無理もない。來実だったら、見知らぬゴーストとの同居生活なんて絶対に遠慮したいところだ。

だからガーシェルムの気持ちも分かるのだが、來実だって彼の側にいたい理由がある。

「冷たいことを言わないでください。あなたがアレラに恋をして、いちゃいちゃするのを見届けたら、満足して成仏すると思いますので」

「気持ちの悪いことを言うな。誰が誰と何をすると？」

「ガーシェルムが、アレラに恋をするんです！」

鼻息を荒くしてそう言うと、ガーシェルムは可哀想な子を見るような目を來実に向けた。

「ずいぶんとおめでたい妄想の世界に生きているようだな」

「単なる妄想じゃありません。私が読んだ書物には、そうなる未来が書かれていましたから」

「それは、ずいぶんと立派な予言書だな。だが、残念ながらそんな未来は来ない。分かったら、とっとと浄化するか、ここから出て行くんだな」

邪険にされて、來実はしゅんと肩を落とす。

「そう言わないでください。私が会話できる人はガーシェルムだけですし……迷惑なのは分かっていますけど」

もちろん、ガーシェルムとアレラの恋が見たいのが一番だが、來実が彼としか会話ができないから側にいたいというのもある。

誰にも認知されないというのは、思った以上に寂しい。いくらアレラにひっついていても、彼女が來実に気づくことはなかった。

それは他の人間も同じで、來実が何か言っても声が届くことはない。

こうして会話ができるというのは、幸せなことなのだ。

來実が肩を落とすと、ガーシェルムは小さく息を吐く。

「……俺が寝ている間は、この衝立からこっちには来るなよ」

ガーシェルムに言われて、來実は部屋の中に、今朝まではなかった衝立が増えていることに気がついた。

「どうしたんですか、この衝立」

「貴様に見られていると眠れん。だが、寝ている間中、仮にも女性を廊下に追い出しているというのも気がかりだ」

つまり、來実は今夜、ガーシェルムの部屋を出て行かなくてもいいらしい。

ガーシェルムにそのつもりはなかったのかもしれないが、遠まわしにここにいてもいいと言われたようで、來実は笑顔になる。

「ありがとうございます！」

「私が安眠するためだ。明日は外部の魔法使いを招いての特別授業があるからな。水魔法とは関係がないが、危険生物の防衛法の授業だ。万全の状態で挑まねば」

覚えのある講義名に、來実は目を瞬(またた)いた。

「危険生物の防衛法……もしかして、火ネズミを使った授業ですか？」

「ん？　火ネズミかどうかは知らん。だが、耐火用のローブを用意しておくよう通達があったので、火属性の魔物を使うのだろう」

ガーシェルムの言う講義に、來実は心当たりがあった。

ゲームの序盤、共通ルートで起きるイベントだ。

授業中、ひとりの生徒が火ネズミの扱いを間違え、教室のカーテンに炎が燃え移ってしまう。あわや大火事にというところで、講師よりも先にアレラが魔法を使って鎮火するのだ。

「その授業、もしかしたら、ちょっとした事故が起きるかもしれません」

來実はイベントの詳細を思い出しながら続ける。

「えっと、確かヒレールっていう生徒だったと思うんです。彼が火ネズミの扱いを失敗して、火事になりかけます」

「ヒレール・ソーフェルか。あいつがそんなミスをするとは思えないが――」

ヒレールはいわゆる、ゲームにおけるモブであった。

おっとりしているが、そそっかしいところがあるようで、こういった授業で何度かミスをして、イベントを引き起こすトリガーになっている。

「貴様のそれは予言か？」

「予言というか、異世界にあった書物に書かれていた出来事です」

來実が言うと、ガーシェルムは渋い顔をした。

「また、例の立派な予言書か」

「……やっぱり、信じられませんよね」

予言書というだけで眉唾ものなのに、それが異世界にあるなんて、それこそ冗談を言っているようにしか聞こえないだろう。

肩を落とす來実を見て、ガーシェルムは考えるように顎に指を当てた。

「まあ、心に留めておいてやる」


翌日、ガーシェルムは特別授業を受けるために、実習室へと向かった。

來実も彼の後ろに続いて実習室に入る。前日と同じく、來実の存在に気づいている生徒はいないようだ。

ガーシェルムが席について少し経つと、老齢の特別講師が入ってきた。ゲームで見覚えのある講師の顔に、やはりこれはイベントのひとつだと來実は確信する。

彼は教卓に大きな籠を置くと、そこにかけられた布を取り払った。籠の中には、オレンジ色をした数匹のネズミが走り回っている。

講師は籠の中のネズミを確認すると、準備はできたと教室内を見回した。

「皆、耐火ローブは用意できているな？　今日は、この火ネズミを使った実習を行う」

講師が用意した火ネズミを見て、ガーシェルムのこめかみがピクリと動いた。

おそらく、昨日の來実の言葉を思い出したのだろう。

「実習は三人一組で行う。近くの者と三人組を作るように」

講師の言葉を聞いて、アレラは不安げな顔で周囲を見回している。

庶民出身の彼女はこの学園で少し浮いていて、誰と組めばいいのか分からず不安なのだろう。

彼女の隣にはヒレールが座っている。温和な彼は身分を気にしない性格で、だからこそ、こういう場でアレラと組むことも気にしない。

そして、アレラと同じ組になったヒレールが、講師の注意を聞き逃してミスをし、ボヤ騒ぎが起きるのだ。

アレラが咄嗟に水魔法を使って鎮火するのだが、その過程で彼女は軽い火傷を負ってしまい、現時点で好感度が一番高いキャラクターがアレラを医務室に連れて行くことになる。

どうなるかと來実が見守っていると、ガーシェルムが立ち上がって、ヒレールの近くへと移動した。

「ヒレール、私と組まないか？」

「ガーシェルム様!?」

突然ガーシェルムに声をかけられて、ヒレールは驚いたように目を丸くする。

それもそのはず。ヒレールは子爵家の出身で、侯爵家のガーシェルムとはほとんど交流がない。

來実もガーシェルムがヒレールに声をかけると思っておらず、ゲームにはなかった流れに驚いた。

「ど、どうして僕と？」

「君がいつも真面目に授業に取り組んでいるのを知っている。駄目か？」

「駄目だなんて、とんでもない！」

ヒレールは慌てて首を左右に振って、少し移動してガーシェルムの席をあけた。

ガーシェルムは頷きながら、近くにいたアレラを見る。

「君もだ。一緒に組もう」

「よ、よろしくお願いします」

ガーシェルムとのイベントを起こしていないアレラは、まだほとんど彼と交流がないのだろう。

ヒレールと同じく、ガーシェルムに声をかけられて恐縮している様子だった。

來実の記憶では、この時点でアレラとガーシェルムが同じ組になることはなかった。思いがけないガーシェルムとアレラの接触を、來実はハラハラしながら見守る。

あらかた三人組が作れたところで、各グループに火ネズミが配られた。

火ネズミは興奮すると身体から炎を発生させる、小型の魔物だ。

森の中に生息していて、滅多に街には入ってこないが、火災の原因となることが多いので、見つければすぐに駆除される。

攻撃力も低く、毒もない。単体だとさほど脅威にならない火ネズミが危険生物に指定され、こうやって授業に使われるのには理由がある。繁殖力が強く、ときおり災害レベルの大群となることがあるからだ。一匹では脅威にならない火ネズミも、群れると街をひとつ焼き尽くす可能性がある。

ゆえに、将来政治に関わる可能性が高い学園の生徒は、火ネズミの特性と対処法を知っておく必要があるのだ。

　授業では火ネズミをわざと刺激して炎を出させて、耐火布でそれを押さえ込み、火ネズミを無力化する方法が説明されていた。

　ガーシェルムの隣に座るヒレールは、憂い顔でぼうっと宙を眺めている。

　手順をメモするための用紙にも、なにも書き込まれていなかった。

「ヒレール、手順はきちんと聞いていたか？」

　どこか上の空のヒレールに、ガーシェルムが確認をする。

「あ、はい！　大丈夫です」

「授業に身が入っていないようだが、気になることでもあるのか？」

　ガーシェルムが尋ねると、ヒレールは眉を八の字にして首を縦に振った。

「すみません。心配ごとがあって、気を取られていました」

「心配ごと？」

「先日、婚約者が倒れてしまって……今も意識が戻らないままなんです」

　ヒレールは沈痛な声で言う。

　まさか、ただのモブである彼にそんな裏事情があったとは。

　ゲームに似ているけれど、やはり異なる世界なのだと來実は認識を改めた。

「そんなことが……大切な人が倒れてしまったら、それは心配ですよね」

　アレラはヒレールを気の毒そうに見つめる。

「そうですね。大事な友人だったので、安否が気になって」

「ご病気なんですか？」

「それが、どうも違うようなんです。原因も分からないまま、眠り続けていて……」

痛ましげなヒレールの顔を見て、來実は胸が痛くなった。

ヒレールの表情が、生前、日に日に弱っていく來実の世話をしてくれた母と重なったのだ。

大事な人がそんな状態なら、授業に身が入らないのも仕方がない。

「婚約者が心配なのは分かるが、この実習は危険が伴う作業だ。集中しないと、事故に繋(つな)がる」

籠(かご)の中を走り回る火ネズミを見ながら、ガーシェルムはヒレールにそう注意した。

「そうですね。すみません、今は授業に集中します」

ヒレールは気を取り直すように背筋を伸ばして、実習の手順を確認し始めた。

ヒレールがノートにペンを走らせる横で、ガーシェルムはちらりと來実に視線を送る。

「この様子だと事故は防げそうだな。念のため鎮火剤を用意したが、不要そうだ」

來実にしか聞こえないほどの小声でつぶやいたガーシェルムのポケットには、小瓶が覗(のぞ)いている。

ガーシェルムが、こっそり用意していたのだろう。

「私の言葉を信じたんですか？」

「そういうわけではない。だが、ここ最近、ヒレールの様子が少しおかしかった。貴様が言うような事故が起きても不思議ではないと思っただけだ」

ガーシェルムはそれだけを言うと、籠(かご)から火ネズミを取り出して実習を開始した。

黙って集中するガーシェルムを見て、來実の胸が苦しくなる。

ガーシェルムにとって、來実は勝手につきまとっている厄介なゴーストだ。

異世界から来た話や、未来を知っている話なんてしても、信じてもらえなくて当たり前――そう思っていたのに、こうして來実の言葉を気にしてくれたことがただただ嬉しかった。


結局、來実の知っているイベントは起きず、授業は無事に終わった。

ガーシェルムは荷物をまとめると、寮の自室へと戻る。

耐火ローブを脱ぎ明日の講義の準備をしながら、ガーシェルムはおもむろに口を開いた。

「貴様が生きていた異世界というのは、どういう場所だったんだ？」

まさかそんな質問をされると思わず、來実は目を瞬（またた）いた。

「私が異世界から来たって、信じてくれるんですか？」

「貴様の言葉を全面的に信じたわけではない。異世界の存在など、眉唾（まゆつば）な話だと思う。だが、貴様が普通のゴーストと違っているのも事実だ。浄化魔法が通じず、誰かを害する様子もない」

「ゴーストは普通、誰かを害するものなんですか？」

「ゴーストの多くは攻撃的だ。生に執着して、生きている人間を憎み、呪う」

ゴーストは人間にとって悪い存在らしい。

確かに來実の世界でも、死者の霊というのはよくないものとして認識されていた。

「貴様も無害なふりをして私を呪う隙を窺（うかが）っているのかと思ったが、攻撃をしかけてくる様子はなかった」

　ガーシェルムにとって、ゴーストは魔物と同じ存在なのだろう。であれば、來実が出会い頭に浄化魔法を放たれたのも納得できる。

「私はガーシェルムを傷つけるつもりなんてありません！」

「分かっている」

　來実が慌てて告げると、ガーシェルムは頷いた。

「貴様は妙な言動が多いが、私を害そうとする意図は感じられなかった。迷惑なことに変わりはないが、害ある存在ではないのだろう」

　まさかガーシェルムにそんな風に言ってもらえると思わず、來実は目を丸くした。

「死んだという認識があるのだから、貴様がゴーストなのは間違いない。しかし、あまりに普通のゴーストと違うため、その原因が貴様の言う異世界とやらにあるのではないかと思ったのだ。異世界から来たゴーストなのだから、常識が通じないのかもしれない、とな」

　來実と生活を共にするうちに、ガーシェルムにも色々と思うところがあったらしい。

　とにかく、來実に害意がないことを分かってもらえてよかった。

「貴様はしばらく私に取り憑くつもりなのだろう？　であれば、もう少し情報を得ておこうと思ったのだ。貴様はどういう人間で、なぜこの場所に来たのか」

　ガーシェルムが歩み寄ろうとしてくれているのを感じて、來実の表情が明るくなる。

　その気持ちに応(こた)えたいと、來実は自分について話すことにした。

「前にも言いましたが、どうしてここにいるのかは私にも分からないんです。だけど、もしかしたら、ずっと憧れていたことが影響しているのかもしれません」

「憧れていたとは、この魔法学園にか？」

「この学園に限らずです。私、生まれたときから病弱で、ろくに外に出ることもできなかったんです。だからずっと、普通の女の子みたいに学校に通ってみたかった」

來実はずっと入退院を繰り返し、退院をしてもすぐに発作を起こすため、まともに学校に通うことができなかった。それでも十八歳まで生きることができたのは、奇跡に近いらしい。

來実の言葉を聞いて、ガーシェルムは理解できないという顔をした。

「学園に通うのは普通ではないだろう。特にここは、貴族のための施設だぞ」

「えっと、この世界ではそうですよね。でも、私が生きていた世界では、誰でも学校で勉強するのが普通だったんです」

「平民も通うのか？　それでは、働き手に困るだろう」

この世界では、子供も大人の仕事を手伝う。工場や商家に見習いに行くか、親の仕事を手伝うのが当たり前の世界だ。平民は学校に通う余裕などないのだろう。

世界が違うと、価値観も常識もまるで違う。日本の常識をガーシェルムが理解するのは難しいかもしれない。

それでもどうにか理解してもらおうと、來実は説明を続けた。

「私が暮らしていた国は裕福だったので、子供が働かなくても良かったんです。大人になってから働く準備として、しっかりと勉強することが求められました」

「君の世界では、子供が学園に通うのだな」

魔法学園は日本でいう大学のようなもので、通う人間の年齢も高い。だから彼の中に、子供が学園に通うというイメージがないのだろう。

「魔法学園のような、専門知識を学ぶ機関もありましたよ。もっとも、私の世界に魔法は存在しませんでしたけど」

來実の言葉を聞いて、ガーシェルムはなるほどと低く唸（うな）った。

「それは、確かに異世界だな。少なくともシャーロンではありえない」

ゲームをプレイしたとはいえ、來実はこの世界のすべてを知っているわけではない。

ゲームに出てこなかった部分——平民が具体的にどんな生活をしているかは、設定の範囲しか知らない。

「その異世界で、貴様はこの世界のことが書かれた書物を読んだのか？」

「正確には書物じゃありませんけど、まあそういうことです。その書物の主人公はアレラで、彼女がこの学園で色んな人と出会って、恋をしていく物語が書かれていたんです」

來実にはアレラが眩（まぶ）しく見えた。

学園で勉強して、友達を作って、恋をして。

そんな生活への憧（あこが）れが、來実をこの世界に呼び寄せたのかもしれない。

「ヒレールが事故を引き起こすことも、それで知ったと？」

「はい。実際には、事故は起きませんでしたけど」

ヒレールは火ネズミの扱いに失敗せず、ゲームとは違った結果を迎えた。來実がガーシェルムに事故のことを告げたから、未来が変わったのだろう。

けれども、ヒレールが言っていた婚約者の話、あれはゲーム中では出てこなかった情報だ。

必ずしも、この世界がゲームと同じように進むとは限らないと、心得ておいたほうが良いのかもしれない。

「だが、ヒレールには心配ごとがあり、上の空だった。あの様子では、私が声をかけなければ事故を引き起こしていたかもしれない」

明日の講義の準備を終えたガーシェルムは、どっかりとソファーに腰かけて、じっと來実の目を見つめた。

「貴様は私の未来も知っているのか？」

「はい。今日みたいに変わる可能性はありますけど、起こるかもしれない未来なら知っています」

「ならば、聞きたい。私は、水魔法を使えるようになるのか？」

ガーシェルムの声は切迫していた。ぎゅっと強く拳(こぶし)を握りながら、息を詰めて來実の答えを待っている。

ゲームをプレイした來実は、彼が水魔法が使えないことをずっと悩んでいるのを知っている。

だからこそ、來実は姿勢を正して、まっすぐに彼の目を見つめ返した。

「とある条件を満たせば、ガーシェルムは水魔法の才に目覚めます」

來実の返答を聞いて、ガーシェルムは詰めていた息をはっと吐き出した。

彼が座っていたソファーが、キシリと音を立てる。

「その条件とはなんだ」

「アレラと恋に落ちることです」

よくぞ聞いてくれたと、來実は声高に主張した。

その途端、ガーシェルムはふざけるなと眉を顰める。

「私は真面目に聞いたんだが」

「私も真面目に言っています。ガーシェルムは、アレラと結ばれるべきなんです！」

ふたりの恋愛が見たいという不純な動機もあるが、アレラと恋人になるのはガーシェルムが幸せになるために必要なことなのだ。

「私が読んだ書物には、いくつかの未来が書かれていました。アレラとガーシェルムが結ばれた場合、ガーシェルムは水魔法の才に目覚めます。けれども、アレラが別の人間と結ばれた場合、それは起きません」

『魔法学園のシュメシ』には、過激な恋愛シーンが描写されている。

ガーシェルムが水魔法の才に目覚めるのは、ヒロインであるアレラとの性行為のあとだった。

アレラのように魔力が強い者は、性行為中に自分の魔力が相手に流れ込むことがあるらしい。

ガーシェルムはアレラの魔力の刺激を受けて、水魔法の才に目覚めるのだ。

來実がそう説明すると、ガーシェルムは苦虫を嚙み潰したような顔で唸る。

「確かに、夫婦となった者同士はごくまれに互いの魔力に影響を与える、という話は聞いたことがある」

性行為が魔力に影響を与えるというのは、この世界でも知られた話らしい。

「だが、そのために女性を誑かすなど、できるはずがない」

「誑かせなんて言ってません。恋をしろって言ってるんです」

ガーシェルムの言葉を、來実は即座に否定した。

アレラはまっすぐで一生懸命な少女だ。少なくとも、來実の知るゲームではそうだった。

魔力のためにアレラに手を出すなど、言語道断である。

「水魔法を使えるようになるのは、あくまでアレラと恋人になった副産物です」

ガーシェルムの幸せは、水魔法を使えるようになることではない。

それまで家のことだけを考えて生きてきたガーシェルムが、アレラと恋をすることで、人を愛する喜びを知るのだ。

「アレラはすごく良い子ですよ。優しくて努力家。ガーシェルムもきっと夢中になります」

來実は一生懸命説得するが、ガーシェルムに冷めた目を向けられた。

「馬鹿馬鹿しい。恋愛感情など無駄なものだ」

ガーシェルムは來実に背を向け、机に座って教科書を開く。

「授業の予習をする。しばらく声をかけるな」

來実を拒絶するようにそう言うと、ガーシェルムは予習を始めた。

ガーシェルムが恋を否定する理由を、來実はすでにゲームで知っている。

だからそこ彼女は、なおのことガーシェルムにアレラと恋愛をしてほしいのだ。

ガーシェルムの両親は、貴族にしては珍しく恋愛結婚であった。

シャーロン魔法王国は魔法使いが建国した国だ。貴族の間では血筋の他に魔力の強さが重視され、婚姻においてもそれは同様だった。

初代スタンバーグ家当主は、建国に貢献した有名な水魔法使いである。

スタンバーグ家はその血筋と魔力に誇りを持っており、婚姻相手にも、代々血筋よりも水魔法の才能を持つ者が優遇されていた。

しかし、今代のスタンバーグ侯爵は、結婚相手に水魔法使いを選ばなかった。

ガーシェルムの母、ハンナ・スタンバーグは稀代の光魔法の使い手だ。

スタンバーグ侯爵はハンナと恋に落ち、親のすすめた婚約話を蹴って自ら伴侶を選んだ。

だが、ふたりの婚姻は、手放しで祝福されなかった。ハンナに水魔法の素養がないことで、強い反対があったらしい。

しかし、ハンナに水魔法の素養がなくとも、スタンバーグ侯爵は強い水魔法の素養を持っている。であれば、子にもその資質は引き継がれるだろう——そう判断され、最終的には婚姻が許されたが、実際に産まれてきたガーシェルムは母譲りの銀の髪であった。

その髪色を見れば、ガーシェルムの主属性が光魔法であるのは一目瞭然(いちもくりょうぜん)だ。

スタンバーグ家の嫡男が水魔法を使えないなんてと嘆く声を、幼いガーシェルムに投げつけてくる者はひとりやふたりではなかった。

特に、別の者との婚約をすすめていたガーシェルムの祖父の風当たりは強く、ガーシェルムは肩身の狭い思いをしたものだ。

そしてガーシェルムよりも強く責められたのが、彼の母であるハンナだ。

スタンバーグ家の嫁でありながら、水魔法使いを産めない無能だと冷たい目を向けられ、今度こそ青髪の子を産むようにとふたり目の子を切望された。

相当無理をしたのだろう。

ハンナは二年後に第二子を身ごもったが、身体を壊してしまい、子供もろともそのまま命を落としてしまったのだ。

残されたのは、水魔法の素養がないガーシェルムだけ。

ガーシェルムの祖父は、ガーシェルムはスタンバーグ家の跡継ぎに相応(ふさわ)しくないと言い放ち、息子に後妻を迎えるように命令した。

しかし、いくら責められようと、罵(のの)しられようと、スタンバーグ侯爵はその話を断った。

「私の妻はハンナだけだ」と言い張る侯爵は、ハンナのことを強く愛していたのだろう。爵位もガーシェルムが受け継ぐべきだと強く主張し、長く祖父と対立していた。

ガーシェルムは、そんな祖父と父の諍(いさか)いに巻き込まれながら育つこととなる。

守ってくれる母は他界し、父と祖父は喧嘩(けんか)ばかり。父はガーシェルムに優しかったが、政務で忙しい彼がずっとガーシェルムを庇(かば)うことは不可能だった。

さらにガーシェルムが嫌だったのは、父がガーシェルムのせいで責められることだ。

それもすべては父が母を愛した結果なのであれば、ガーシェルムは恋愛が良いものだとは思えなかった。

貴族の多くは血筋や魔力で伴侶を選ぶ。

父もそれにならって水魔法使いを伴侶に選んでいれば、自分のような半端者が生まれることもなく、不要な諍(いさか)いを避けられた。

昨年、祖父が病死したことで長年続いた対立は終止符を打ったが、ガーシェルムは自分がスタンバーグ家の跡継ぎに相応(ふさわ)しいとは思えなかった。

せめて兄弟がいれば辞退することもできたかもしれないが、それも叶わない。

誰もが認めるスタンバーグ家の跡取りになるためには、水魔法が使えるようにならなければいけない。

ガーシェルムの胸の奥には、ずっとそんな強迫観念が渦巻いていた。

「アレラ・キューカと結ばれれば、水魔法の才に目覚める、か」

思わず声が漏れてしまい、ガーシェルムはハッと部屋を見回した。

ガーシェルムの側に居座り続けるゴーストは、物珍しそうに薬品棚を眺めていて、ガーシェルムの方を向いていない。

今のひとりごとを聞かれていないと分かって、ガーシェルムはほっと息を吐いた。

來実はアレラと恋をしろなどと言ったが、ガーシェルムは父と同じ愚行を冒すつもりはなかった。

次代に確実に水魔法の才を残すこと。半端者の自分ができるのは、それくらいだ。

そういう意味であれば、アレラ・キューカは婚姻相手として不十分だった。

彼女は全属性の魔力の持ち主で、もちろん水魔法も使えるが、それ以外の魔法にも同じだけの才を有している。

光魔法を主とするガーシェルムと結ばれれば、子には水魔法よりも、光魔法の才が発現する可能性が高い。

確実に次世代に水魔法の才を残すには、水魔法のみに特化した才を持つ者と結ばれるのが一番良い。

（だが、それでも――水魔法が使えるようになるのなら）

落ちこぼれだと、ずっと祖父に蔑（さげす）まれていた。

ガーシェルムに水魔法の才がなかったせいで、母は無理をして死んだ。

焦（こ）がれていた才能、それが今、手に入る可能性がある。

ぐらりと心が揺れる。

邪（よこしま）な考えを打ち消すように、ガーシェルムは首を左右に振った。

錯綜（さくそう）する恋心

來実がガーシェルムのもとに来て、数日が経過した。

この日の最終授業は水魔法学だ。ガーシェルムは毎週欠かさず水魔法の授業に出席する。

適性がほぼなく、授業についていくのが難しくても、水魔法への執着がそうさせるのだろう。

ガーシェルムはいつも前の方の席に座り、真剣に講義を受けていた。

今日も同じようにガーシェルムが講義の準備をしていると、教室の扉を開けてアレラが入ってきた。

「ガーシェルム、アレラが来ましたよ！」

アレラを見つけた來実は、嬉しそうにガーシェルムに報告する。

ガーシェルムとアレラの授業が被ることはそう多くないので、これはふたりが親睦を深めるためのチャンスなのだ。

「言われなくても気づいている」

「じゃあ、のんびりしていないで、隣に行きましょう。隣に！」

耳元で騒ぎ立てる來実をガーシェルムは睨（にら）む。

「そもそも、貴様はどうして私とアレラをくっつけたがる」

「そんなの、決まってます。ガーシェルムに幸せになってほしいからです」

ふたりの恋愛を側で見たい。

そんな邪な欲望もあるが、來実の一番の願いは間違いなくガーシェルムの幸せである。

なんの躊躇いもなく言うアレラに、ガーシェルムは胡乱な目を向ける。

「なぜ貴様が私の幸せを願う」

「それはもちろん、ガーシェルムが私の推しだからです」

推しの幸せを願う。それは、ファンとして当然の心理だろう。

「推し？」

「推しというのはですね……ええと、つまり、大好きということです」

推しの概念を説明するのが難しく、來実がざっくりと説明すると、ガーシェルムは怪訝そうに顔を顰めた。

「……ゴーストに好かれるようなことをした覚えはないのだが」

ガーシェルムにとって、來実は突然現れたよく知らないゴーストだ。そんな相手に、いきなり好意を向けられても戸惑うだけだろう。

「ガーシェルムのことが書かれた本を読んだって言いましたよね。その本を読んで、私はガーシェルムのことが好きになったんです」

來実の言葉を聞いて、ガーシェルムはよく分からないと首をひねる。

「私を好きだというのに、アレラと恋人になることを望むのか？」

普通、好きな相手には自分を好きになってほしいと思うものではないか——そんな疑問を持ったのだろう。

不思議そうに首を傾げるガーシェルムに、アレラはぐっと拳を握って力説する。

「当然です、なにせ、公式カップリングですし！」

ファンの中にはヒロインに自己投影する者や、自分と好きなキャラクターとの恋を夢見る者もいるが、來実はそうではなかった。

彼女はゲームのストーリーが好きなのであり、あくまでふたりの恋を見守りたいのだ。

もちろん他の攻略対象も公式ではあるのだが、來実としてはやはり推しに恋を叶えてもらいたい。

「公式、カップ……？」

「要するに、ガーシェルムとアレラがいちゃいちゃしてるところが見たいってことです」

來実が言い直すと、ガーシェルムはぐっとこめかみのあたりを押さえた。

「貴様の話を聞いていると、頭痛がしてくる」

彼はさらに文句を言いたそうな顔をしたが、黙って席を立ち上がると、アレラの隣に腰をかけた。

まさかこの流れでガーシェルムがアレラと接触すると思っていなくて、來実は目を丸くする。

「隣、失礼する」

「ガーシェルム様？」

ガーシェルムに声をかけられて、アレラは驚いたように腰を浮かせる。

明らかに緊張したアレラを見て、ガーシェルムは苦笑した。

「そう硬くならなくていい。先日は一緒に実習を行っただろう」

「は、はい。そうですね」

アレラはガーシェルムがわざわざ席を移動してきたことに釈然としない様子だったが、理由を問いただすわけにもいかないと思ったのだろう。

ちらちらとガーシェルムを気にしつつも、机の上に道具を並べて、授業の準備を始めた。

ガーシェルムはそんなアレラを観察するようにまじまじと眺めている。

「ガーシェルム。そんなに見つめたら警戒されますよ」

居心地の悪そうなアレラを見ていられず、思わず來実が口を挟む。

ガーシェルムは反論しようとしたのか口を開くものの、周囲の目があることに気づき、ただ來実を睨（にら）みつけるにとどめる。

「あれ？」

突然アレラが顔を上げて、何かを探すように宙を見回した。その瞬間、來実と視線がぶつかり、アレラは不思議そうに首を傾げた。

「どうした？」

「いえ。なんというか――最近、妙な気配を感じることが多くて」

「妙な気配？」

「はい。誰もいないのに、誰かいるような……今も、声が聞こえたような気がしたんですけど」

アレラの言葉に來実はぎくりとする。

來実の声はガーシェルムにしか届かないと思っていたのだけれど、まさかアレラにも聞こえていたのだろうか。

「ゴーストでもいるんじゃないか？」

ちらりと來実を見ながら、ガーシェルムは口元をにやつかせた。

なんてことを言うんだと、來実は顔を青くする。

「まさか。魔法学園にですか？　ありえません」

「どうしてありえないと？」

「だって、魔法学園には外敵が入り込まないよう結界が張られています。それに、ゴーストが近くにいれば、私も気がつくと思います」

「そうだな。光魔法の才があれば、ゴーストの存在には気づく」

來実はふたりの会話を驚きながら聞いていた。

魔法学園に結界が張られていることも、光魔法の使い手はゴーストが見えるということも、來実は知らなかった。

ゲームにはゴーストなんて出てこなかったし、当然ながらそれ関連のイベントが起きることもなかったからだ。

普通のゴーストなら、アレラにも存在を認識されるのか。

けれども、來実はこうして学園の中を自由に歩き回っているし、ガーシェルム以外の人間に存在を気づかれることもない。

（ガーシェルムも、私を普通のゴーストじゃないって言っていた。やっぱり異世界から来たことと関係してるんだろうか）

來実は首をひねるが、考えたところで結論が出るはずもない。

そうしているうちに、ガーシェルムが声を潜めながらアレラの方を向いた。

「アレラ・キューカ。少し、質問をしていいか？」

「は、はい」

ガーシェルムに前置きをされて、アレラはピンと背筋を伸ばした。

「君はどうしてこの学園に来た？」

「えぇっと、キューカ男爵に学園に通うように言われたから、ですけど」

ふたりの会話を聞きながら、來実はゲームの導入部を思い出していた。

もともと、アレラは下町の孤児だ。数年前に事故で両親が他界し、残された弟の面倒を見ながら必死で働いていた。

けれども、ある日、暴走した馬車からキューカ男爵を救ったことで、魔法の才があると判明した。

彼女の魔力に目をつけたキューカ男爵は、弟の面倒を見ることを約束する代わりに、彼女を養子にしたのだ。

「質問を変えよう。君はこの学園に来るにあたって、キューカ男爵に命じられたことがあるのではないか？」

「っ！」

ガーシェルムに言い当てられて、アレラは顔を青くする。

魔法学園は、魔法が使えるシャーロンの貴族であれば入学できるが、すべての貴族が通えるわけではない。

学園に通うには高い学費が必要なため、男爵程度の下位貴族であれば、よほど裕福でない限りは嫡男以外は入学しないのが普通だ。だから、アレラのような養子をわざわざ入学させるというのは珍しい。

だが、ゲームをプレイした來実は、男爵の目的を知っていた。

シャーロンでは、結婚の条件として、身分以外にも魔力の強さが重要になってくる。

全属性という珍しい魔力があれば、男爵令嬢という身分であっても、上位貴族と縁づくことができる可能性があった。

ゆえに、キューカ男爵は年頃の貴族が集まる学園に彼女を放り込んだのだ。目ぼしい結婚相手を見つけてくるようにと、アレラに言い含めて。

「あの、私は……」

「学園は社交の場でもある。魔法の知識よりも縁を求めて来る者がいることも知っている」

遠まわしに男漁り(おとこあさ)りに来たのだろうと言われて、アレラの顔が恥辱に歪む。

來実はハラハラしながらふたりを見守った。

「た、確かにキューカ男爵にはそういう意図があったかもしれません。でも、私は勉強をしたくてここに来たんです」

アレラはきつくスカートを握りながら、キッとガーシェルムを睨みつけた。

アレラが男爵からそういった命を受けているのは事実だが、それ以上に魔法の勉強をしたいという希望を持っていることを、來実は知っていた。

養女であるアレラの立場は低い。男爵にはすでに後継者がいるし、弟への援助をいつ打ち切られてもおかしくはない。

けれども、アレラが魔法使いとして技術を学べば、援助を打ち切られたとしても、その才を生かした仕事に就くことができるかもしれない。

もちろん、弟ごとアレラの面倒をみてくれるような婚姻相手を見つける方法もあるが、誰かに頼らずとも生きていく道を探すために、彼女は学園に通うことを選んだのだ。

「では、男爵の意向に逆らうと？」

「そ、そういうわけでは……」

アレラの立場では、たとえ嫌だと思っても、表立って男爵に逆らうことはできない。

ガーシェルムもそれを分かっているだろうに、意地悪なことを言うものだ。

「すまない。君を侮辱したいわけではないのだ。それに、家から良縁を見つけてくるように言われているのは、私も同じだからな」

「え？」

ガーシェルムの言葉にアレラは驚く。

侯爵家ともなれば、早いうちに婚約者が決まっていることが普通だからだ。

けれども、スタンバーグ侯爵は、自分と同じようにガーシェルムが自ら婚約者を見つけてくることを期待していた。だから、早く婚約者を決めろとせっつく祖父を押し切って、ガーシェルムの婚約者を定めなかった。

さすがに魔力を持たない相手は駄目だが、学園に通う人間ならガーシェルムが自由に相手を決めて良いというのが、スタンバーグ侯爵の意思であった。

「スタンバーグ侯爵家が、自由恋愛を推奨しているんですか？」

「父は変わり者なんだ。私としては、とっとと家で決めてほしいと思うのだが」

「少し分かります」

身分の高い男を篭絡(ろうらく)してこいと命令されているアレラも、現状に辟易(へきえき)しているのだろう。

ため息を吐き出すアレラを見て、ガーシェルムは眉を跳ね上げた。

「その様子では、まだ相手は見つかっていないようだな」

「平民出身の男爵令嬢なんて、普通、相手にされません。それに、ここに通う大半の人間は、もう婚約者が決まっていますから」

まだゲームの序盤とはいえ、現時点でアレラは攻略対象たちと接触しているはずだ。

にもかかわらずこんな台詞(セリフ)が出てくるということは、攻略は上手くいっていないということか。

「ガーシェルム、これはチャンスですよ」

來実が思わず声をかけると、黙っていろとばかりに鋭く睨(にら)まれる。

おっかないと來実が口を噤(つぐ)んだところで、教室に講師が入ってきた。

ガーシェルムとアレラは雑談をやめ、正面を向いて姿勢を正した。

「アレラ、少し話がしたいのだが、構わないだろうか」

授業が終わり、次々と生徒が教室を出て行く中、ガーシェルムは席を立とうとしたアレラを呼び止めた。

「あ、はい。今日の授業はこれが最後でしたから」

少し戸惑った様子を見せながら、アレラは再び席に座り直す。

「話とはなんでしょうか？」

「少し待ってくれ。まだ、人目が多い」

教室の中を見回して、ガーシェルムは言いよどむ。

人目を気にするガーシェルムをアレラは訝（いぶか）しげに見つめるが、來実も同じ気持ちだった。

今日のガーシェルムはどうしたのだろうか。先日、來実がアレラをすすめたときは、気乗りがしない様子だったのに。

ガーシェルムがなにを言い出すのか固唾（かたず）を呑んで見守っていると、生徒が次々に教室を出て行く。

教室から人がいなくなったのを見計らって、ようやく彼が口を開いた。

「残ってもらってすまないな。話というのは、授業が始まる前の話題の続きだ」

「えっと、婚約者の話ですか？」

「そうだ。俺も君も、婚約者を探している。間違いないな？」

ガーシェルムの言葉に、アレラは不思議そうな顔をしながら頷く。

「そこでだ。君の婚約者候補に私を入れてみる気はないか？」

「「えええ!?」」

來実の驚く声と、アレラの声が重なった。

まさか、こんなに早く告白イベントが起きると思っておらず、來実は面食らった。

そもそも、アレラはガーシェルムの好感度を稼いでいなかったはずだ。ガーシェルムも、昨日の時点で恋愛なんて馬鹿馬鹿しいと言っていた。

なにを考えているのかと來実が問いただす前に、アレラが慌てて口を開く。

「な、なんの冗談ですか、ガーシェルム様！」

「冗談ではなく、言葉そのままの意味だ。侯爵家と縁づけるなら、男爵も文句はないだろう」

「それは、文句なんて出るはずがありませんが……」

ガーシェルムの意図が掴めず、アレラは混乱している様子だった。

それもそうだろう。來実が認識している限り、ふたりは顔見知り程度の関係だ。

そんな相手に突然婚約を打診されれば、戸惑うに決まっている。

「今すぐに決めろというわけではない。それに、私からも条件がある。まぁ、選択肢のひとつとして考えておいてくれ」

「は、はぁ」

「話はそれだけだ」

ガーシェルムは一方的にそう言うと、荷物を持って立ち上がる。

そして呆気にとられるアレラを置き去りにして、そのまま教室を出て行った。

來実も茫然としていたが、慌ててガーシェルムを追いかける。

「ガーシェルム、どういうつもりですか⁉」

速足で廊下を歩くガーシェルムの背中に向かって、來実は大声で疑問をぶつけた。

こんな展開、ゲームにはなかった。

そもそもゲームでは、アレラに恋をしたガーシェルムは、なかなかアレラに気持ちを打ち明けることができなかったのだ。

水魔法の才がないことを気にしている彼が、全属性持ちであるアレラにすぐさま婚約を申し込むなんて、ありえない。

ガーシェルムは足を止めて、來実に皮肉げな顔を見せた。

「貴様がアレラと結ばれろと言ったのだろう」

「まさか、それで婚約を打診したんですか？」

水魔法のために女性を誑かすなどできないと、そう言ったではないか。それに、ガーシェルムが來実の発言を全面的に信じたとも考えにくい。

非難をこめて來実がガーシェルムを睨むと、彼はふんと鼻を鳴らした。

「誑かすつもりはない。もしも、彼女が話に乗ってきたら、きちんと契約するつもりだ」

「契約？」

「ああ。私と交際をして、私に水魔法の力が発現すればそのまま婚約をする。発現しなければ、私が責任をもって新たな婚約者を紹介する」

ガーシェルムの口から飛び出したのは、とんでもない内容だった。

「なんですかそれ！」

「悪い条件ではないだろう。もし私に力が発現しなくとも、私であれば、彼女が自力で探すよりはずっと良い縁を探せる」

確かにガーシェルムならば、アレラに良い相手を紹介することができるのかもしれない。

だが、そんなことをしなくとも、アレラは自力で素敵な相手を見つけることができる。攻略対象は、ガーシェルムだけではないのだ。

それに、そんな打算にまみれた婚約で、幸せになれるはずがない。

「私は、アレラと恋をしろって言ったんですよ。こんなの、恋愛じゃありません」

「私も言ったはずだ。恋愛感情など無駄だと」

ガーシェルムはゲームでも、最初は恋愛に消極的だった。けれどもアレラに恋をして、彼は変わっていく。

家のことを思えば、アレラと結ばれないほうがいい——そんな理性が壊れるくらいに彼女のことが好きになって、彼女を選び、幸せになる。

その恋のありかたに、來実は憧れたのだ。

だからこそ、ガーシェルムにはアレラと結ばれてほしかった。

（もしかして、私が余計なことを言ったせいで、未来が変わった？）

ゲームの中のガーシェルムは、当然、アレラとの交際で水魔法の力に目覚めるなんて知らなかった。來実がそれを伝えてしまったせいで、彼はこんな提案を思いついたのだ。

このままでは、アレラがガーシェルムを選んだとしても、幸せになれないかもしれない。

どうするべきかと焦燥にかられる來実に背を向けて、ガーシェルムは寮部屋へと歩いて行った。

ガーシェルムは自室へと戻ると、いつものように机に向かった。

彼は魔法の勉強だけではなく、政治や歴史といった様々なことを自主的に学んでいる。それに加えて、領地の仕事もいくつかこなしているらしい。

ガーシェルムのところにはよく仕事の文が届き、難しい顔をしながら返事を書く姿が見られた。

スタンバーグ家の嫡男として相応しくありたいという想いが強いのだろう。

彼に取り憑いて数日。來実はガーシェルムが遊んでいる姿を見ていない。

せいぜい息抜きにお茶を飲みながら、少しだけ読書をする程度だ。

貴族とはそんなものかとも思ったが、ふらりと他の生徒の様子を見に行くと、友人とお茶を飲んで談笑したり、街に下りて遊んでいたりする人が多い。

ガーシェルムのように勉強漬けになっている生徒のほうが珍しい。

（こんな生活で、息が詰まらないのかな）

ゲームの中では、ガーシェルムとのデートイベントもあった。

アレラに恋をしたガーシェルムは、若者らしくふたりで街にデートに出かけたりと、楽しそうに過ごしていたのだ。

けれど、このまま利害関係だけでアレラと結ばれてしまっては、彼の心は張り詰めたままになるのではないか。

(やっぱり、このままじゃダメだ。ガーシェルムに、恋愛をしようって気になってもらわないと)

しかし、真正面から恋をしろなんて言ったところで、ガーシェルムが聞き入れるはずがない。

どうすればいいのか悩みに悩んだ結果、來実は閃いたように声をあげた。

「ガーシェルム、私に街を案内してください！」

「は？」

突拍子もない來実の申し出に、ガーシェルムは手を止めて振り返る。

彼は意図を探るように來実の顔を見つめ、それから大きくため息を吐き出した。

「今度はなにを企んでいる」

「企んでなんていません。ただ、ガーシェルムとデートしたいだけです」

來実の言葉に、ガーシェルムは首を傾げる。

「デート？」

「親密になりたい男女が一緒に遊んで、交流することです」

「あいにく、私は貴様と親密になりたいなどと思っていないのだが」

ガーシェルムが冷たい瞳で來実を睨む。

けれど、これくらいで折れる來実ではなかった。どう言えば、ガーシェルムがその気になってくれるかを考える。

「ガーシェルムは私に浄化してほしいんですよね？　だったら、私の未練を解消する手伝いをしてください」

來実がどうにか言葉をひねり出すと、ガーシェルムは考える素振りを見せた。

「そのデートとかいうのが、貴様の未練なのか？　学園に通いたい、私とアレラが恋人になるところを見たいと言っていたはずだが」

「もちろん、ふたりが恋人になるのは見たいですよ！　でも、ちょっとくらい青春気分を味わいたいんです」

拳（こぶし）を握りしめ、前のめりになって來実は力説した。

ガーシェルムが恋愛について考えるきっかけがほしい。勉強や仕事ばかりじゃなく、遊ぶ楽しさも感じてほしい。

そう思って切り出した提案だったが、來実がデートをしてみたいというのも事実であった。

來実は生前、当然ながらデートをした経験がない。それどころか、友人と街で遊んだことすらないのだ。

もしガーシェルムとデートできれば、最高の思い出になるだろう。

「私だって、学校帰りに友達と買い食いしたり、素敵なお店を見て回ったりしたいんです」

來実がそう続けると、ガーシェルムは呆れた顔をする。

「街に下りたところで、貴様は買い食いなどできないだろう」

確かにゴーストの身体では、食事なんてできない。ガーシェルムの指摘はもっともだった。

「ぐっ、い、いいんです！　こういうのは、雰囲気を楽しむのが大事なんですから」

食事も買い物もできないだろうが、素敵なお店を見て回るだけでも十分楽しめるはずだ。

誰かと会話をしながら、ぶらぶらと街を歩くというのが良いのだ。

「街に出たいなら、勝手に行ってくればいい」

「ひとりで行っても寂しいじゃないですか。ガーシェルムも一緒に行ってください！」

ひとしきり我侭を言ってみたが、ガーシェルムは呆れた顔をするばかりだ。

この様子では、ガーシェルムを連れ出すのは無理だろう。

來実が肩を落としていると、ガーシェルムは無言で勉強道具を片づけ始めた。

「ガーシェルム？」

「……たまには、街を視察するのもいいだろう」

そう言って、ガーシェルムは椅子から立ち上がる。

來実は、彼が自分の希望を叶えようとしてくれることに気づき、表情を明るくした。

「ガーシェルム、ありがとうございます！」

「貴様のようなうるさいゴーストに、いつまでも居座られたら迷惑だからな」

あくまで來実の未練を解消して、浄化させるためだと彼は言う。

けれども、それは口実だろう。飢えた野良猫につい餌を与えてしまうくらい、本当の彼は優しいのだ。

外套(がいとう)を羽織って寮室を出るガーシェルムのあとを、意気揚々と來実は追いかけた。

魔法学園はシャーロン魔法王国の内海にある、小さな島に建設されている。

島の中央にある山の中腹に、城のような外観の学園がそびえたち、その麓(ふもと)に小さな街が広がっていた。

島ではあるものの、移動が不便になることはない。ゲートと呼ばれる転移装置が各地に設置され、本島と簡単に行き来できるからだ。

学園から麓(ふもと)の街へも、歩けばかなり時間がかかるが、ゲートを使うと一瞬だ。

学園の正門を潜(くぐ)ると、すぐ側に転移舎がある。これは現代でいう駅のようなもので、各地に繋(つな)がるゲートがたくさん設置されていた。

たくさんの魔法陣が並ぶ中、ふたりは麓(ふもと)の街に繋(つな)がる魔法陣の上に乗る。

ゴーストである來実がゲートを利用できるか不安だったが、問題なく転移することができた。

「うわあ、素敵な街並み！」

不揃いな石畳の道を飛ぶように歩きながら、來実は明るい声をあげた。

外国の都市のような街は、高層ビルこそないが、想像していたよりもずっと近代的だ。

魔法の研究が盛んなシャーロンでは魔道具の研究も進んでいるため、魔力のない人間でも魔石を使うことで魔道具が扱えるようになっている。

電力の代わりに魔石が各所で使用されていて、家電に近い道具なんかもあるのだ。

景観こそ中世ヨーロッパ風であるものの、街の清掃は行き届いているらしく、衛生的だった。

「ただ歩いているだけなのに、ずいぶん楽しそうだな」

「そりゃそうですよ。海外旅行に来たみたいで、ワクワクします」

この街はゲームのスチルで見たことがあった。けれども、ゲームの画面で見るのと、実際に歩くのでは全然違う。

テーマパークにでも迷い込んだようで、來実の心は弾んだ。

「ガーシェルム、あっちになんだか美味しそうな屋台がありますよ！」

もくもくと湯気を立てる屋台には、丸いパンと惣菜が並んでいた。

「ピタのサンドだな。この辺りではよくある屋台料理だ」

見れば、丸い袋状のパンの中に、お肉や野菜がこれでもかと詰められている。香辛料がたっぷりと使われているようで、どこかエスニックな香りがした。

「いい匂いですね。うぅ、食べてみたいです」

「貴様は、ゴーストのくせに食い意地がはっているのか」

涎を垂らしそうな顔で屋台を覗き込む來実の背に、ガーシェルムの呆れた視線が突き刺さる。

「食べられないからこそ、余計に気になるんです。どんな味なんですか？」

「さあな。食べたことがないから、知らん」

ガーシェルムの返答に、來実は目を瞬いた。

「こんなに美味しそうなのに、食べたことがないんですか？」

「庶民の屋台料理だからな。手づかみで食べるような品は、基本的に家でも寮食でも出ない」

そういえば、ガーシェルムはいつもフォークとナイフを使って上品に食事をしている。魔法学園の寮食も、きちんとお皿に盛り付けられた料理ばかりだ。

きっと、こういったファストフードに分類されるようなものは、貴族はあまり食べないのだろう。

「だったら、買いましょうよ！　絶対食べてみるべきです」

來実が力説すると、ガーシェルムは不可解と言わんばかりの顔をした。

「なぜ私が食べなければならんのだ」

「買い食いはデートの醍醐味ですよ。美味しそうだと思いませんか？」

「こんな場所の料理より、寮で作られた食事のほうが美味いに決まっている」

確かに、貴族が通う魔法学園の寮食は高級な食材が使われていて美味しそうだ。

だけど、屋台料理の醍醐味はそこではない。

「こういう場所で、衝動的に買って食べるからこそ感じる美味しさがあるんですよ。きっと！」

「きっと？」

「……私は食べられなかったんです。ずっと、食事制限されていましたから」

ふらりと街を散歩することも、気が向いたときに料理を買って食べることもできなかった。

病院の食事も不味くはなかったが、こうやって歩きながらファストフードを食べてみたかったのだ。

表情が陰った來実を見て、ガーシェルムは大きく舌打ちをした。そしてぐっと眉根を寄せると、ずかずかと屋台に向かって歩き、店主に声をかける。

「これを、ひとつ」

ぶっきらぼうにピタサンドを購入すると、紙で包まれたそれを持って來実を睨(にら)みつける。

「味を教えてやる。だから、泣くな。鬱陶(うっとう)しい」

「な、泣いてません」

ドキッとしながら來実は反論する。泣いてはいなかったが、生前を思い出して落ち込んでいたのは事実だった。

「それで、買い食いとやらはどうするんだ、教えろ」

偉そうに命令するガーシェルムに、來実の顔が綻(ほころ)ぶ。

屋台料理なんて興味がないのだろうに、こうやってつきあってくれるガーシェルムの優しさに、胸の奥が温かくなった。

「歩きながら食べてもいいんですけど――」

「ふざけるな。そんなはしたない真似ができるか」

食べ歩きを提案すると、ガーシェルムは即座に否定した。

「ですよね。じゃあ、あっちのベンチに座りましょう」

空いていたベンチを見つけると、來実は浮かれた足取りでガーシェルムを案内する。

ガーシェルムはどかりとベンチに腰かけると、手に持ったピタサンドを憎々しげに見つめた。

まるで親の仇のようにピタサンドを睨むガーシェルムを見て、來実はさすがに気の毒になる。

「あの、そこまで嫌なら無理しなくとも……」

確かにすすめはしたが、貴族であるガーシェルムは、手づかみの食事を受けつけないのかもしれない。持ち帰ってカトラリーを使って食べるという手もある。

けれども、ガーシェルムは來実の言葉を無視して、手に持ったピタサンドにかぶりついた。

難しい顔のまま、無言で食べ進めるガーシェルムを見て、來実はハラハラして落ち着かない気持ちになる。

ガーシェルムは無言でサンドを食べきると、包み紙をくしゃりと丸めてから、ハンカチを取り出して口まわりを拭いた。

「あ、あの、どうでしたか?」

「食べづらい。ソースで口のまわりがベトベトする」

ハンカチをしまいながら、ガーシェルムは不機嫌な声で感想を告げる。

やはり、こういうものは、ガーシェルムの口には合わなかったのだ。自分の憧れを無理に押しつけてしまったことに、來実は申し訳なくなった。

「だがまあ、悪くなかった。少し味が濃すぎる気がするが、外で食べるのならこういうものが良いのだろう。少し舌がピリッとするほど、スパイスがよく効いている」

ガーシェルムの口から好意的な感想が飛び出して、來実は目を瞬く。

初めに約束したとおり、ガーシェルムは丁寧にピタサンドの味を來実に教えてくれた。

その優しさに、なんだか胸の奥が締めつけられる。

「……我侭を聞いてくれて、ありがとうございます」

街に出たのも買い食いをしたのも、ガーシェルムのやりたいことではなかっただろう。

來実がしたいと言ったから、彼はつきあってくれたのだ。

來実のお礼を聞きながら、ガーシェルムはぼんやりと街並みを眺めた。

「こんなことで、本当に貴様の気は晴れるのか？」

「え？」

「学園に通っているのも、こうして買い食いをしたのも私だ。ゴーストの身体では、なにもすることができないだろう。虚しくならないか？」

虚しくないかと尋ねられて、もう存在しないはずの心臓が苦しくなる。

「そりゃあ、虚しいですよ。でも、諦めるのには慣れているんです」

ゴーストになんて、なりたくてなったわけじゃない。

食べることも、誰かに触れることもできない。ガーシェルム以外の人間からは認識さえされない。

けれども、願いが叶わないことに、來実は慣れきっていた。

産まれたときから、死んだあとも、來実はずっと諦め続けている。

健康な身体が欲しかった。自由に、どこまでも歩いて行ける身体が。

大半の人が当たり前にできていることが、來実にはずっとできずにいる。

だから死んだあとは、健康な身体に生まれ変わりたいと思っていた。けれどもそれすら失敗して、ゴーストなんて中途半端な存在になり果てている。

「だけど、辛いばかりじゃないですよ？　美味しそうな料理が食べられないのは悲しいですけど、こうしてガーシェルムと街を歩けて、すごく嬉しいんです」

ガーシェルム以外には見えない身体だが、こうして外を歩けるのは純粋に嬉しい。

どうしてできないのかと嘆き悲しんだって、現実は変わらないのだ。

実際に來実だって、健康に産まれなかった自分の身体を散々嘆いた。だけどいくら來実が泣いたって、病気が治ったりはしない。ならば、その中で喜びを見つけていくしかないのだ。

できないことを数えるのではなく、できることに感謝するしかない。

「ただ街中を歩いただけだろう。こんなことが楽しいのか？」

「楽しいですよ。友人とお喋りしながら街を歩けるんですから」

來実が笑うと、ガーシェルムは苦々しい顔をした。

「友人というのは、まさか私のことか？」

「そのつもりですけど……駄目でした？」

ガーシェルムはなんだかんだと文句を言いながらも、來実につきあってくれる。

これはもう、友情といって良いのではないのだろうか。

「ゴーストの友人なんて冗談ではない。いいか、ゴーストというのは、見つけ次第消すべき存在だ。それを友にするなど、誰かに知られたらなんと言われるか」

「良いじゃないですか。どうせ、私はガーシェルムにしか見えないんですから。ガーシェルムが黙っていれば、誰にもバレません」

「そういう問題ではない」

ガーシェルムに睨まれるが、來実はニヤニヤと頬が緩むのを止められなかった。

その表情を見て、ガーシェルムはますます不機嫌な顔になる。

「おい、なにをニヤついている」

「だって、私を友達にできない理由って、外聞の問題だけってことなんですよね？」

今の断り方であれば、來実が人間であれば友達になっても良いということだ。

そう指摘すると、ガーシェルムは言葉に詰まって來実から視線を逸らす。

「こんな強引で鬱陶しい友人など、ごめんだ」

「残念でした。ガーシェルムがどう思おうと、私は友達だって思うことにします」

「押し売りするな。本当に、厚かましいゴーストだ。私はこれでもこの国の侯爵子息なんだぞ？普通の人間なら恐れ多くてそんな口などきけない」

「私はもう死んでいますからね。ゴーストに身分は通じませんよ。処刑できるものならしてみろっていうんです」

もう死んでしまっている來実には、怖いものなどない。

身分を持ち出されたって、死者には関係ないのだ。

來実が強気で鼻を鳴らすと、ガーシェルムはふっと口元を緩めた。

「そのようだ」

それは、柔らかな微笑だった。

温かく緩んだガーシェルムの顔は、ゲーム画面で見たスチルよりもずっと素敵で、來実は思わず見惚れてしまった。

(ずっと、こうして笑っていればいいのに)

もしも來実に心臓があれば、確実に早鐘を打っていただろう。

「勝手に部屋に住みつくわ、未来を知っているなどと言い出すわ、迷惑なことこの上ない。だがまあ、こうして外に出てみるのは悪くなかった」

「本当ですか？」

「思えば、ここのところずっと勉強か仕事しかしていなかったからな。時々こうして息を抜いたほうが、効率が上がるかもしれん」

かなり強引に連れ出したが、ガーシェルムも楽しんでくれたのであれば良かった。

「さて、そろそろ戻るか。まだすることも残っているしな」

「また勉強ですか？」

「ああ。今日のノルマが終わっていない」

ガーシェルムはひとつ伸びをすると、ゆっくりとベンチから立ち上がる。

「ガーシェルムは、どうしてそこまで勉強するんですか？」

「私がスタンバーグ家の嫡男だからだ」

その言葉で、來実はガーシェルムが抱えている闇を再び思い出す。

彼は水魔法が使えないことで、跡取りに相応しくないと祖父から言われて育った。

祖父が亡くなったあともその呪いは解けず、魔法が使えないなら、せめてその他の分野では完璧でなければならないと、必死に努力を重ねていたのだ。

(目標に向かって努力できるのは、素晴らしいことだと思うけど……)

ガーシェルムの場合、強迫観念からの行動だ。そうでなければ駄目だと、彼はずっと追い詰められている。

その呪いは、アレラと恋をすることで解けるはずだった。

だが、それは水魔法が使えるようになるからではない。家よりも大事なものができることで、彼の価値観が広がったからだ。

(やっぱり、ガーシェルムはアレラと恋をしなくちゃいけない)

応援しなければと決意を新たにするが、なぜだか胸の奥がもやもやとする。

先ほどのピタサンドを並んで食べる、アレラとガーシェルムの顔が思い浮かぶ。

想像の中のふたりは幸せそうに笑っているのに、來実は胸の奥にずんと重石が落ちたような、すっきりとしない気持ちになったのだった。

波乱の校外実習

明日は全生徒参加の校外実習がある。

ゲートを使ってシャーロンの西にあるカメアの森へ移動し、魔物を仕留めて魔石を持って帰るという実習だ。

これはゲーム内にもあったイベントだった。

カメアの森には基本的に、ごく弱い魔物しか出現しない。けれども、偶然迷い込んだ強い魔物が現れて、不意を突かれたアレラがピンチに陥るのだ。

そのときに、好感度が一番高い攻略対象が彼女を救ってくれる。

「というわけで、明日はこっそりアレラを尾行しましょう！」

鼻息も荒く語る來実を無視して、ガーシェルムはビーカーの中の液体をかき混ぜた。

ガーシェルムは最近、通常の勉強に加えて魔法薬の製作も行っている。こうしてよく、何かの薬を作っている姿が見られるようになった。

なにやら新しい薬を開発しているらしいのだが、思う通りの効果が出ないようで、作った魔法薬はすぐに処分されている。

どんな薬を作っているのか聞いても、絶対に答えてくれないので、來実はガーシェルムの行動を気にするのをやめた。

「ガーシェルム、聞いていています？」

「聞いている。だが、アレラの好感度を上げる必要があるか？」

「あるに決まっているじゃないですか。婚約の件も、まだ返事をもらってないんですよね」

先日ガーシェルムはアレラに婚約しないかという誘いを持ちかけたが、彼女はその返事を保留にしていた。

ガーシェルムとの婚約は彼女にとって悪い話ではないはずだが、ガーシェルムの人となりが分からないので、婚約に頷くことができない——おそらくは、そんな心境のはずだ。アレラにとって、ガーシェルムはまだまだ遠い存在なのだろう。

「アレラはモテるんですよ。ぼんやりしていたら、他の人に持っていかれます」

どうやら、今のアレラは他の攻略対象ともあまり交流を持っていないようだが、彼女はその気になればこの国の王子でさえオトせるポテンシャルを持っているのだ。

「分かった、分かった。だから、そううるさくするな」

ガーシェルムは面倒くさそうに来実をあしらうと、懐(ふところ)からワンドを取り出して、先端についている魔石をビーカーの魔法薬に浸(ひた)す。そのまま彼が呪文を唱えると、魔法薬が銀色の光を放った。

この数日、ガーシェルムは毎日魔法薬を作っていたが、こんな反応を示したのは今回の薬が初めてだ。

「ようやく反応があったか」

ガーシェルムはほっとしたような声音でつぶやく。どうやら、ようやく満足する薬が作れたらしい。

「おめでとうございます。それで、何の薬なんです?」

どうせ、今回も教えてくれないのだろう。そう思いながらも來実が尋ねると、ガーシェルムは近くに来るようにと無言で手招きをする。

意図が分からず首を傾げつつ彼の側に寄ると、ガーシェルムは突然、できたばかりの薬を來実の手の甲にかけた。

「わっ、なにするんですか! 床が濡れちゃいますよ」

ゴーストの來実は、ものに触れることができない。だからそう言ったのだが、その薬は來実をすり抜けることはなく、彼女の手の甲を濡らした。

水に濡れた感覚があったことにびっくりした來実は、手の甲をまじまじと見つめる。

薬が触れた部分が透けておらず、しっかりとした肌色をしていることに、あんぐりと口を開けた。

「成功だな」

「な、な、なんですかこれ!」

手首の先、薬が触れた部分だけが実体化している。

「見ての通り、ゴーストや精霊といった、精神生命体を実体化させる薬だ」

「実体化……」

ガーシェルムの説明を聞きながら、來実は透けていない手を目の前に持ってきて、ぐにぐにと指を動かす。

指先にきちんと感覚がある。

おそるおそる机に触れてみると、冷たくて硬い木の感覚が返ってきた。

「実体化といっても、肉体ができるわけじゃない。魔力を消費して記憶から表面部分を再現しているだけだ。効果は一時間ほどで切れるし、食べることもできない」

言いながら、ガーシェルムは魔法薬を來実の全身にかけた。

濡れた感覚がしたが、魔法薬の効果なのかすぐに水は乾いて、その部分が実体化していく。

みるみるうちに、來実の身体がはっきりとした輪郭を持った。

「残念ながら買い食いはできないが、買い物くらいならできるだろう」

急に現実味を帯びた自分の身体を見下ろしながら、來実は信じられない気持ちでガーシェルムの言葉を聞く。

(私のために、こんな薬を考えてくれたの?)

先日、一緒に出掛けた街で、來実が暗い顔をしたから気にしてくれたのだ。

だから、來実が街に遊びに行けるように。少しでも学園生活を楽しめるように。

そうでなければ、ガーシェルムがわざわざこんな薬を開発する理由がない。

「お、おい、なぜ泣く⁉」

「え……?」

ガーシェルムに指摘されて、來実は自分の頬に涙が伝っていることに気がついた。

慌てて手の甲で目元を擦ると、今度は顔に触れる感覚があることに胸がいっぱいになって、またしても涙があふれてきた。

「くそっ、泣かせたくて作ったわけじゃないぞ」

ガーシェルムはハンカチを取り出すと、來実の目元を拭う。

「ご、ごめんなさい。でも、すごく嬉しくて……」

頬に触れたガーシェルムの指が、温かい。

温度を感じる、誰かに触れられる。それだけのことが、こんなにも嬉しくなるなんて。

ゴーストになって諦めるしかないと思っていたものを、ガーシェルムが与えてくれたのだ。

「ありがとうございます。本当に、ありがとう」

胸がいっぱいになって、涙を止められない。だけど、このまま泣いていては、ガーシェルムを困らせてしまう。

來実が泣きながらもどうにか笑顔を作ると、ガーシェルムはなぜか顔を赤らめた。

「き、貴様の未練を晴らしてやらないと、いつまでも居座られるかもしれないからな」

ふんと鼻を鳴らして横を向くガーシェルムが照れているだけだと、來実はすぐに分かった。

彼は來実に視線を戻すと、しっかりと実体化しているのを確認してから口を開いた。

「部外者が魔法学園に通うことはできないが、明日の校外実習は全員参加だし、講師の目も届きにくい。見覚えのない生徒がひとり増えていてもバレないはずだ」

「それって、実体化してついていってもいいってことですか？」

「ずっと、学校に通いたかったのだろう？」

もし來実がゴーストであることがバレたら、協力したガーシェルムも咎められるかもしれない。

そんなことが分からない彼ではないだろう。

リスクを負ってでも、來実の願いを叶えようとしてくれたのだと分かって、胸がいっぱいになる。

（どうしよう。すごく嬉しいのに、なんだか胸が苦しい）

ガーシェルムに優しくされると、胸の奥が切なく騒めく。

「どうして、こんなに優しくしてくれるんですか？」

「どうしてだと？　それは……」

ガーシェルムの言葉が途中で止まる。

彼自身も、どうして來実にここまで親切にするのか、理由が分かっていないような顔だった。

「諦めるのには慣れていると、そう言った貴様の顔を見ていたら、イライラしたんだ」

ガーシェルムはそう小声でつぶやいてから、気を取り直したように調合器具を片づけ始めた。

「私は天才だからな。これくらい片手間でできる。ただの気まぐれだ」

來実に背を向けて、彼はなんでもないことのようにそう言った。

けれども來実は、彼がこの薬を作るのに何度も失敗を繰り返し、かなりの時間をかけていたことを知っている。

（本当に、ありがとうございます）

ガーシェルムの背中に向けて、來実は心の中でもう一度感謝を述べるのだった。

ゲートを潜った先は、深い森が広がっていた。

今日は魔法学園の校外実習だ。

いつもはヒラヒラした制服を着ている令嬢たちも、この日ばかりは動きやすいキュロットに身を押し込めている。

この授業は専攻に関係なく、生徒は全員参加となっていた。様々な魔法が使える生徒が入り交じるわけだが、全員が戦闘に向いているわけではない。サポートタイプの魔法しか使えない人は、戦える者とチームを組んで課題に当たる。

ガーシェルムの魔法属性は光。光魔法はもともと、サポート向きの魔法タイプだ。ゴーストなどの精神生命体に対しては特効があるものの、普通の物理攻撃魔法は使えない。癒しや回復こそ、光魔法の真骨頂なのだ。

けれども、ガーシェルムはチームを組まず、単独で課題に当たることを決めていた。

攻撃魔法が使えなくとも、彼には剣技がある。

水魔法が使えない分、他の分野でアドバンテージを得ようと思ったガーシェルムは、勉強だけではなく剣技も鍛えていたのだ。

実習の場所として選ばれたこのカメアの森には、強い魔物は生息しておらず、剣技だけでも十分対応できると判断したらしい。

「あの、本当に私、実体化して大丈夫だったんでしょうか」

集団から離れると、ガーシェルムは來実に実体化の薬を使った。

輪郭を取り戻していく身体を見て、來実は不安になる。なにせ、來実はずっと病院で寝ていることしかできなかった人間だ。魔物を倒すような授業など、足手まといになるに決まっている。

「この森に住む魔物など、足手まといが一緒でも問題ない」

カメアの森には、魔法使いであれば子供でも倒せるような、弱い魔物しか出てこない。

けれども、ゲームと同じ展開になるなら、この森には一匹、少し強い魔物が迷い込んでいるはずなのだ。

そのことは、來実も事前にガーシェルムに伝えている。

「貴様の言う魔物とは、おそらくオンバーンだろう」

ゲームで登場するのは、虹色の羽を持つ鳥の魔物だった。その特徴を話すと、ガーシェルムはすぐに魔物の種類を特定した。

「オンバーン程度なら、私ひとりでも倒せる。それに、実体化といっても表面的にそうなっているだけで、本当の身体があるわけじゃない。たとえ魔物に噛み砕かれたとしても、ゴーストの貴様が死ぬようなことはない」

「そ、そうですよね。私はもう死んでいるんですし、これ以上、死にようがないですね」

魔物に襲われても大丈夫だと言われて、來実はほっと息を吐いた。

「ただ、心と感覚は連動している。怪我をすれば――正確には、貴様が痛いと思えば痛覚が走る。フラフラと魔物に突っ込んでいかないよう、気をつけろ」

ガーシェルムに注意されて、來実は神妙に頷いた。いくら死なないといっても、痛いのは嫌だ。

今回は、学園に通いたいという來実の希望を汲んで、授業に参加できるようにわざわざガーシェルムが計らってくれたのだ。そんな彼の邪魔はしたくない。

「ガーシェルム。アレラは森の東へ向かいましたよ」

「分かっている」

來実たちは、事前にアレラのあとをつけようと相談していた。

アレラの好感度を上げてほしいという來実の要望でもあるが、ゲーム通りであれば、アレラのところに魔物が向かう可能性が高い。それを放置して、アレラが怪我をしたら寝覚めが悪くなるとガーシェルムは言っていた。

「東側――泉があるほうだな」

「あれ、森の地図って配られていましたっけ？」

森の地理を把握している様子のガーシェルムに、來実は首を傾げる。

「いや。地図は見てはいないが、この森は過去に来たことがあるから、大体の地形は知っている」

そう言うと、ガーシェルムは迷いのない足取りで森を歩き始める。地形を知っているというだけあって、そのスピードは速い。

ガーシェルムを追いかけながら、來実はふと不思議な感覚に囚われた。

この森と同じ景色を、昔、どこかで見たような気がするのだ。

(ゲームのスチルで見たからかな)

このイベントは好感度によってルートが分かれるため、攻略キャラクター全員のスチルが存在する。

何度も繰り返したイベントだから、そんな風に思うのかもしれない。

來実が首をひねっていると、突然、前を歩くガーシェルムの足が止まった。

「こっちに誰か来る」

「アレラですか？」

「いや――」

ガーシェルムが言葉を紡ぐ前に、がさりと茂みが揺れて、魔法学園の制服を着た茶髪の青年が姿を現した。

「あれ、ガーシェルム様？」

「ヒレール・ソーフェルか」

ばったりと出くわしたのは、火ネズミの実習でガーシェルムと同じ班になったヒレールだ。

彼はガーシェルムに驚くと、その後ろにいる來実を見つけて、不思議そうな顔をした。

「ガーシェルム様が女子生徒と組んでいるなんて、驚きました」

どうやらヒレールは、來実が魔法学園の生徒ではないと気がつかなかったらしい。

魔法属性が違えば、ほとんど顔を合わせない生徒もいる。來実のことも、専攻が違う生徒だと思ったのだろう。

「私は光魔法だからな」

「なるほど。こういう実習には不利ですからね。あれ、でも、黒髪？」

ヒレールは來実の髪色を見て首を傾げた。

この世界で黒髪は、魔力を持たない者の象徴だ。例外といえば、全属性の魔力を持つアレラくらいだろう。

「アレラさん以外にも、黒髪の生徒がいたんですね」

「属性を複数持つ場合、そういうこともある。それよりも、ヒレールはひとりなんだな」

「はい。僕の実力なら誰かと組んだほうが良いんですが、この森はよく知っているので問題ないだろうと思いまして」

來実はしまったと思ったが、今さら髪を隠すようなことはできない。

ガーシェルムが上手く話題を逸らしてくれて、來実は密かに安堵の息を吐く。

「そういえば、この森はソーフェル家の管轄だったか」

「よくご存知で。幼い頃から、リラズと一緒に何度か森に遊びに来ていたので、安全な道や森に出る魔物の対処法は熟知してるんです」

「リラズ？」

「ああ、すみません。婚約者の名前です」

言って、ヒレールの表情が曇る。

その表情を見て、來実は彼の婚約者が倒れた話を思い出した。

「例の婚約者か。そのあと、意識は戻ったのか？」

「いえ、残念ながら、まだ……」

「そうか。早く回復するといいな」

ガーシェルムが痛ましげにそう告げた、そのときだった。

森の奥から、空気を切り裂くような女性の悲鳴が聞こえた。

「きゃああああああ！」

「この声、もしかして、アレラさん!?」

ヒレールが悲鳴がしたほうへ走り出し、ガーシェルムと來実も彼のあとを追いかける。

慣れていると言うだけあって、ヒレールの足取りは確かだった。

木の根を避けながら森を走ると、突然視界が開ける。木々が途切れ、眼前には小さな湖が広がっていた。湖畔には絨毯のように白い花が咲き乱れている。

けれども、その美しい景色の中に、明らかな異物が紛れ込んでいた。

（私が知ってる魔物と違う!?）

ゲームでは、アレラを襲うのは虹色の羽を持つ鳥に似た魔物だった。

けれども、今目の前にいるのは見たことがない魔物だ。この校外実習のイベントはゲームで何度も見たが、どのルートでもこんな魔物は出てこなかった。

全身が黒く、頭部だけが異常に大きい。ねじ曲がった前足が四本ついていて、太い後ろ足の間には、長く鋭い尻尾が生えている。來実の目には、それが生前に映画で見たエイリアンに見えた。

「なんだ、この魔物は！」

森の魔物には詳しいと言っていたヒレールが、怪物を見て驚きの声をあげた。

「アレラ！」

魔物の前には、青い顔をして地面に尻もちをついたアレラがいた。

「くそっ！」

今にもアレラに襲い掛かりそうな魔物を見て、ガーシェルムは腰の剣を抜くと、一足飛びで魔物に近づき背後から切りつけた。

ガーシェルムの剣はまっすぐに魔物に振り下ろされる。

しかし、ガキッと硬い音が鳴って、甲殻に防がれてしまった。

ガーシェルムの存在に気づいた魔物は、振り返りざまに彼に向かって大きく尻尾を振り下ろす。

「大地よ！」

來実の横手から鋭い声が聞こえた。

同時に、ガーシェルムの前の地面がせり上がり、土の壁が出現する。ヒレールが魔法を使ったのだ。

魔物の尻尾が土壁にぶつかり、その一撃で土壁は粉砕された。

「うわぁ……」

土壁を破壊されたヒレールが、魔物の攻撃力に青い顔をする。

ガーシェルムはその隙に魔物から距離を取り、剣を構えて対峙した。

「ヒレール、私が時間を稼ぐ。その隙にアレラを！」

「は、はい！」

青ざめた顔で頷くと、ヒレールはアレラに向かって駆けた。

「わ、私もなにか」

「貴様は後ろにひっこんでいろ！」

自分にできることはないかと焦る來実に、余計なことはするなとガーシェルムが怒鳴る。

その間にも魔物は尻尾を使ってガーシェルムへ攻撃を続けていた。來実では目で追うのがやっとというほど、素早い動きだった。けれども、ガーシェルムは軽々とした身のこなしで攻撃を躱していく。

ときには魔法で光の盾を作り、上手く魔物の攻撃を防いでいた。

「アレラさん、怪我は？」

「あ、足をやられて……でも、今、治します」

ヒレールがアレラを抱き起こすと、彼女は血が滲んだ足に手を当てて呪文を唱えた。

彼女の手から光が漏れて、みるみるうちに傷が塞がっていく。

「立って、逃げられますか？」

「は、はい！」

ヒレールが手を引いて立ち上がらせると、ふたりは來実のいる場所へと走ってきた。

「大丈夫ですか？」

「あの、あなたは……？」

声をかけると、アレラは不思議そうな顔で來実を見る。

「彼女はガーシェルム様と一緒に実習を行っていたそうです」

「は、はい、來実と言います」

ヒレールの紹介に合わせて、來実は名乗った。

アレラは來実の黒髪を見て怪訝そうな顔をするが、今はそれどころではないと思ったのか、戦うガーシェルムへと視線を移す。

「あの魔物は異常です。学生が対処できる強さじゃない。ガーシェルム様も早く逃げないと！」

しかしながら、ガーシェルムは魔物の攻撃を避けるので手一杯で、逃げる隙を作るのも難しそうだ。

「後ろの三人。君たちは先に逃げて、講師に報告を」

魔物と対峙しながら、ガーシェルムが來実たちに向かって声を張る。

「でも、置いていくなんて――」

「私が持たせている間に、救援を連れて来るんだ！」

「っ、はい！」

逃げるのではなく、救援を連れて来る。

その言葉でアレラはハッとした顔をして、ヒレールの腕を引いた。

「急ぎましょう。來実さんも、早く」

「で、でも」

「急いで！」

ヒレールに急かされて、來実は仕方なくふたりの後ろについて走る。

けれども、木々の間を少し走ったところで、來実は足を止めた。

（生徒ではない私が講師の前に姿を見せたら、混乱の元になるかもしれない）

こんな緊迫した状況で、彼らの足を引っ張るわけにはいかない。

なにより、ひとり残ったガーシェルムのことが気がかりだった。

「ごめんなさい。ふたりは先に行ってください！」

「來実さん⁉」

來実は身を翻して、来た道を戻る。

引き留められるかと思ったが、追っている時間が無駄だと思ったのか、ヒレールとアレラが來実を追いかけて来ることはなかった。

それに安心して、來実は急いで先ほどの場所へと引き返す。走るうちに、ふと身体の感覚が薄くなってくる感じがした。もうそろそろ、薬の効果が切れそうなのだ。

金属が硬いものにぶつかる、剣戟の音が近づいてきた。

湖畔ではまだガーシェルムが戦っていて、魔物の攻撃を上手く捌いているようだ。

だが、ガーシェルムの表情に余裕はない。少しでもミスをすれば、魔物の爪が彼を切り裂いてしまいそうだった。

迂闊に声をかけては、それだけで彼の集中を乱してしまうかもしれない。

來実が息を殺して戦況を見守っていると、戦闘の余波でできた地面のくぼみに、ガーシェルムが足を取られてしまった。

ぐらりと彼の身体が傾く。

「ガーシェルム！」

ガーシェルムがやられると思った瞬間、來実は考えるよりも早くその場を飛び出していた。

全力で走って、彼と魔物の間に割り込む。

突然現れた來実を見て、ガーシェルムが目を丸くした瞬間、背中に鋭く尖った魔物の尻尾が突き刺さった。

「ぐぅっ！」

「來実！」

ガーシェルムが青い顔で來実の名を叫ぶ。

魔物の尻尾は、背中から胸へと來実の身体を貫いていた。

即死してもおかしくないような致命傷。ゴーストである來実は死にようがないのだが、それでもズキズキと切り裂くような痛みが來実の身体を走り抜ける。

「くっ……はぁ……痛っ……」

激痛で、目尻からぶわりと涙が零れる。

大丈夫だ。この痛みは幻。自分はもう死んでいるのだから。

來実は痛みに耐えながら、魔物の動きを止めるため、その状態で胸から生えた尻尾を掴んだ。

「ガ、ガーシェルム……いまの……うち、に」

逃げてと來実が最後まで言う前に、ガーシェルムは剣を構えて、動きの止まった魔物に向かって振り抜いた。

ガーシェルムの鋭い剣尖は、魔物の硬い甲殻の隙間に突き刺さる。

ガアアアッと、森に魔物の悲鳴が響いた。

上手く急所に刺さったようで、魔物はギチギチと気持ちの悪い断末魔の悲鳴をあげながら、地面に崩れ落ちる。

魔物が絶命したのを見て、來実はふっと身体の力を抜いた。

「よか……た、倒せた……ですね」

「この、愚か者！」

力なく笑った來実から魔物の尻尾を引き抜き、ガーシェルムは凄まじい剣幕で來実を怒鳴りつけた。

「ひっこんでいろと言っただろう、なぜ飛び込んできた！」

「あ、ぶない……と、思ったら、つい」

來実がそう言った瞬間、すっと全身からすべての感覚が消え失せた。

どうやら、薬の効果が切れたらしい。

半透明に戻った來実は、何事もなかったかのように、むくりとその場で起き上がった。

「……あ、痛みが消えました」

「薬の効果が消える直前で良かった。下手をすれば、しばらく苦しむ羽目になったぞ」

元気そうに話す來実を見て、ガーシェルムは目尻を緩ませる。

「それは、助かりました。いくら死ななくても、痛い時間は短いほうが良いので」

來実が平然と言うと、ガーシェルムは呆れた目で來実を見てから、大きくため息を吐いた。

「こんな無茶をさせるために、薬を作ったわけじゃない」

「ご、ごめんなさい」

咄嗟に身体が動いてしまったが、ガーシェルムならば來実が庇わなくとも、なんとかできたのかもしれない。

余計なことをしてしまったと來実が肩を落とすと、ガーシェルムはガシガシと頭を掻いた。

「謝るな、叱っているわけではない。ただ……心臓が止まるかと思った」

はぁと息を吐くガーシェルムの身体は、微かに震えていた。

來実は死なないと分かっているはずなのに、心配してくれるガーシェルムに申し訳なくなる。

「ガーシェルムが無事で良かった」

心臓が止まるかと思ったのは、來実も同じだ。

ガーシェルムがくぼみに足を取られた瞬間、彼が死んでしまうかと思った。そうしたら、考えるよりも先に身体が動いていたのだ。

來実がそう言うと、ガーシェルムは苦い顔で微笑んだ。

「……本当に來実は、おかしなゴーストだ」

「あ、名前。そういえば、さっきも名前を呼んでくれましたよね」

來実がガーシェルムを庇（かば）った瞬間も、彼は確かに來実の名前を呼んだ。今までは「貴様」というぞんざいな呼称だったため、はっきりと覚えていたのだ。

「仮にも身を挺（てい）して自分を庇（かば）ってくれた相手を、貴様と呼ぶことはできないだろう」

「ということは、これからは名前で呼んでくれるんですか？」

「そうなるが……ずいぶん嬉しそうだな？」

名前で呼ばれたことに目を輝かせる來実を見て、ガーシェルムは不思議そうに首を傾げる。

「そりゃあ嬉しいですよ。だって私、ガーシェルムの声が大好きなんですから」

ゲームでは、來実が好きだった声優の声がガーシェルムにあてられていた。

当然ながら、目の前にいるガーシェルムもゲームと同じ、凛（りん）とした美しい声をしているのだ。

そんな声で自分の名前を呼ばれたら、誰だって喜ぶに決まっている。

「だ、大好き？」

來実の言葉に、なぜだかガーシェルムは上ずった声をあげた。

「はい。すごく素敵な声ですよね。低いけれどよく通って、しかもどこか艶（つや）があるんです。ずっと聞いていたくなるっていうか……あれ、ガーシェルム？」

來実が力説していると、ガーシェルムは來実から顔を逸らしてしまった。

「ガーシェルム、どうしたんですか？」

「うるさい、黙れ、それ以上なにも喋（しゃべ）るな」

「私、気に障るようなこと言いました⁉」

來実はガーシェルムを褒めたつもりだったのだが、曲解されてしまったのだろうか。

そう思ってガーシェルムをよく見てみると、耳が真っ赤になっている。

照れているのだと分かって、來実は口元をにやつかせた。

「声だけじゃなく、ガーシェルムはすごくカッコイイと思いますよ」

「……貴様、私をからかっているな？」

「あ、貴様って呼ばないいんじゃなかったんですか？」

「っ！」

振り返ったガーシェルムの顔が赤くなっているのを見て、來実はくすくすと笑う。

「君というヤツは……本当に」

「貴様」を「君」と言い替えて、ガーシェルムはため息を吐きながら肩の力を抜いた。

ガーシェルムは気を取り直したように周囲を見回して、秀麗な眉を歪ませる。

「美しい花畑だったのだが……無残なことになってしまったな」

湖畔(こはん)に敷き詰められた花は、魔物の攻撃によって一部が掘り返されて、残骸が散らばっている。

來実はその状況を痛ましく思いながら、地面に崩れ落ちた魔物の死骸を見つめた。

「この魔物、なんだったんでしょうか」

「君が言っていた、この森に迷い込むという魔物とは別なんだな？」

ガーシェルムの言葉に來実は頷く。

ゲームの中では、こんな強そうな魔物は出てこなかった。

「まあ、詳しいことはソーフェル家の人間が調査するだろう」

「ソーフェル家って、ヒレールの家ですよね？　確か、管轄だって言っていましたね」

ヒレールとガーシェルムの会話を思い出して、來実は頷く。

そういえば、ふたりは無事に逃げられただろうか。

來実が心配したそのとき、森の奥から大勢の人間が近づいてくる気配がした。

「ガーシェルム様！　よかった、ご無事ですね！」

どうやら救援を呼びに行ったヒレールたちが戻ってきたらしい。

数人の講師に加えて、何人かの生徒もワンドを構えながら、警戒した表情でガーシェルムに駆け寄ってきた。

先頭を走ってきた老年の男性講師が、ひとり佇む（たたずむ）ガーシェルムを見て眉根を寄せる。

「報告のあった魔物は？」

「あちらです。どうにか私ひとりでも退治することが叶いました」

地面に倒れた魔物の死体を見て、講師は感心したように顎髭（あごひげ）をさする。

「我々が来る前に倒したのか。君の剣技は素晴らしいと聞いていたが、ここまでとは……」

「それよりも先生、あの魔物をご存知ですか？」

「いや。残念ながら、儂も初めて見る魔物だ。ソーフェルくん。この魔物については、君から父君に報告を入れておいてもらえるか？」

講師に頼まれて、ヒレールはもちろんですと大きく頷いた。

「さて、おかしな魔物が他にいないとも限らない。残念ではあるが、今日の実習は中止とする。儂は他の生徒にも知らせて回るので、ここにいる者たちで固まってゲートまで戻るように」

講師はその場にいる生徒達にそう告げると、すぐさまその場を離れた。

救援の生徒の中に交じっていたアレラがガーシェルムの前に出て、心配そうな顔で周囲を見回した。

「あの、來実さんはどちらに？　一緒に逃げたんですが、途中で引き返してしまったんです」

名前を呼ばれて來実はドキリとした。

薬の効果が切れた今、來実がアレラの前に姿を現すことはできない。

來実が困っていると、ガーシェルムが涼しい顔で答えた。

「彼女なら一度戻ってきたのだが、足手まといになりそうだったので私が追い返したんだ。きっと、どこかですれ違ってしまったのだろう」

「では、今はひとりなんですか？　急いで捜しに行かないと」

來実の身を心配してくれるアレラの姿を見て、來実は今すぐにも名乗り出たい衝動に駆られる。

「彼女も馬鹿ではない。危険かもしれない森をひとりでうろつきはしないさ。君たちがいないと分かったら、すぐにゲートに向かっただろうよ。それよりも、我々もゲートに戻ろう」

ガーシェルムは來実の不在をそう誤魔化すと、皆に戻るように促（うなが）した。

アレラはそれでも心配そうな顔をしていたが、危険かもしれない森の中を無暗（むやみ）に捜し回るのも良くないと判断したのか、素直に頷く。

一行はまたおかしな魔物が出てこないかと慎重に森を進んだが、幸いガーシェルムが倒したものと同種の魔物が現れることはなく、全員無事に学園へ戻ることができたのだった。


謎の魔物が現れたことで、校外実習は中止という結果に終わった。

再度実習が行われるかどうかの目途は立っておらず、詳細が決まればまた連絡が来るとのことだ。

実習の翌日は休日だった。実習で体力や魔力を使うからと、学園が元々配慮していた休みの日である。

休日であっても、いつも通りの時間に朝食を済ませたガーシェルムは、寮室に戻ってから改めて昨日の話を切り出した。

「結局、あの魔物は何だったのだろうな」

「分かりません。私の知っている未来では、実習が中止されることはありませんでした」

アレラのイベントにガーシェルムを介入させるつもりだったのに、話が予想もしていない方向に転がってしまった。

件の魔物の死骸はソーフェル家の者の手で回収され、森に現れた原因を調査することになっているという。

「君の言う、好感度稼ぎとやらも失敗に終わったわけだ」

「それは……分かりません」

来実の知っているイベントは起きなかったが、イベントと同じようにガーシェルムがアレラを救いに行ったのも事実だ。

光魔法という戦闘に不利な属性でありながら、剣だけで相手を食い止めて見せた姿には惚れ惚れした。

きっと、アレラも来実と同じような感想を持ったに違いない。

「あのときのガーシェルムはすごく格好良かったですから。きっと、アレラだって素敵だと思ったに決まっています」

「……君はそう思ったのか？」

「はい！　真っ先に魔物に向かってくれましたし、どんな魔物かも分からないのに身体を張って守ってくれて。本当に素敵でした。あんなの、絶対にときめきます！」

「そ、そうか」

短い言葉で頷くガーシェルムだったが、その頬は薄らと赤く染まり、満更でもないように見えた。

他人の好意なんてどこ吹く風というガーシェルムだったのに、こんな反応をするとは珍しい。

もしかして、ガーシェルムもアレラのことを意識し始めているのだろうか。だから、アレラからの評価が気になるのかもしれない。

（あれ、なんでだろう。あんまり嬉しくない……？）

ガーシェルムがアレラを意識し始めたのなら、それは良い傾向のはずだ。

なのに、素直に喜べない自分に来実は戸惑った。

「どうした？」

「な、なんでもありません。私は誰よりも、ガーシェルムの恋を応援していますから！」

表情が陰ったことを見破られまいと、來実はことさら明るい声でそう宣言する。

けれども來実の発言を聞いて、ガーシェルムはむっとした顔をした。

「前々から疑問に思っていたが、君はどうして私とアレラを結ばせたがる」

「もちろん、ガーシェルムに幸せになってほしいからです」

「相手はなぜアレラなんだ。水魔法の才に目覚めるからか？」

間髪容れずに來実が答えると、ガーシェルムは不可解そうに眉根を寄せた。

「違います。ガーシェルムがアレラを好きになるからです」

ガーシェルムはアレラを好きになる――その未来を、來実は何度も何度もゲームでプレイした。

大好きなルートだ。ずっと、ふたりの恋を間近で見たいと思っていた。

それなのに、どうしてだか、今はその未来を想像すると胸が切なくなる。

「君が読んだという書物か。だが、その未来は絶対ではないだろう？」

イベントが起きるはずの授業で、ヒレールは事故を起こさなかったし、先日の校外実習でもゲームとは違った魔物が出てきた。

ガーシェルムの言う通り、すべてがゲームと同じになるとは限らないのだ。

「君は私の恋を応援すると言ったな。ではもし、私が別の誰かを好きだと言ったら、それも応援してくれるのか？」

試すような口調で告げるガーシェルム。彼が來実を見つめる目は真剣で、どこか熱が籠(こも)っているように見えた。

(ガーシェルムが、別の誰かを好きになったら？)

來実の知らない誰かと、ガーシェルムが寄り添う姿を想像する。

すると、胸の奥がモヤモヤとして、嫌だという気持ちが浮かんできた。

「も、もちろんです。それで、ガーシェルムが幸せになれるなら……」

だが、浮かんだ感情を押し込めて、來実はどうにかそう答えた。

ぎこちない様子の來実を見て、ガーシェルムの眉間にさらに皺(しわ)が寄る。

「おい、なにか隠していないか？」

「まさか。私がなにを隠すって言うんですか」

「さて？　だが、言いたいことがあるなら、正直に話したほうが身のためだぞ、來実」

「つぐ!?」

不意打ちに名前を呼ばれて、來実は顔を赤くしてばっと両手で耳を塞(ふさ)いだ。

「い、いきなり名前を呼ばないでくださいっ！」

ガーシェルムに名前を呼ばれるのは嬉しいのだが、いかんせん來実には少々刺激が強い。

來実は本当に、彼の声が好きなのだ。

生前もイヤフォンでガーシェルムのボイスを聞いては、ベッドの上で悶(もだ)えていた。だから、至近距離で名前をささやかれると、心がかき乱されてしまう。

大げさな反応をする來実を見て、ガーシェルムは楽しそうにニヤリと口元を歪ませた。

「耳を塞(ふさ)いだところで、ゴーストでは意味がないだろうに。なぁ、來実」

「だ、だから、名前っ！」

「そんな楽しい反応をしていいのか？　もっと呼べと言っているようなものだぞ」

まるで玩具を見つけた猫のように目を輝かせると、ガーシェルムは來実へと近づく。

そして、耳をふさぐ彼女の掌(てのひら)のすぐ近くに唇を寄せた。

ガーシェルムのさらさらした髪が視界を過(よぎ)り、その距離の近さに來実がひやりとしたところで、彼はゆっくりと唇を開いた。

「來実」

「っ！」

睦言(むつごと)でもささやいているかのような甘さを含んだ声。ガーシェルムの甘やかな吐息が、手の甲に触れた気がした。

まるでガーシェルムの特別にでもなったみたいだ。

（からかっているだけ、からかっているだけ！）

心の中で何度も復唱して、みっともなく床をのたうち回りたくなる衝動に耐える。

へなへなとその場に座り込んだ來実を見て、ガーシェルムは満足そうな笑顔を見せた。

「ははっ、名を呼ばれただけで、情けないヤツだ」

「私で遊ばないでください！」

來実は顔を真っ赤にしてガーシェルムを睨みつける。

「悪いな。で、俺に言いたいこととはなんなのだ？」

ガーシェルムの再度の問いかけに、來実は首を左右に振る。

確かに一瞬、ガーシェルムが恋をする相手のことを考えると、不快な気分になった。けれども、今のやりとりで、胸の奥で燻っていたモヤモヤした気持ちはもう消し飛んでいる。

なので來実は、不可解な自分の気持ちを伝えるのではなく、気になっていた提案をすることにした。

「実体化の薬をまた作っていただけませんか？　心配してくれていたアレラに無事だと伝えたいんです」

突然いなくなってしまった來実のことを、アレラは心配してくれていた。

彼女に無事だと伝えたい。ついでに、ガーシェルムに対するアレラの好感度も探りたい。

來実の提案に、ガーシェルムは難しい顔をした。

「あの薬ならまだ残りがある。が、君がひとりで会いに行くのか？」

「そのつもりですけど」

來実がそう答えると、ガーシェルムの表情が不安だとばかりに曇る。

「学園内で滅多なことは起きないだろうが、ゴーストだとバレないよう注意しろよ」

ガーシェルムは止めるべきか迷う様子を見せたものの、しぶしぶ薬を取り出したのだった。

ガーシェルムの薬で実体化した來実は、アレラと会うために女子寮を訪れていた。

前にアレラを尾行したので、彼女の部屋の位置はもう知っている。

だから部屋には問題なく行けるのだが、いくら実体化しているとはいえ、部外者の來実が目立つのはまずい。

できるだけ姿を見られないよう、人が少ない道を選んでアレラの部屋にたどり着くと、來実はおずおずとドアをノックした。

「すみません。アレラさんはいらっしゃいますか？」

「はい、少々お待ちください！」

ドアの向こうで元気な声が聞こえた。留守じゃなかったことに、來実はほっと息を吐く。

バタバタとした足音が近づいてきて、ドアが開く。

「來実さん？」

訪ねてきたのが來実だと分かって、アレラは驚いたように目を丸くした。

「休日に、突然ごめんなさい。ガーシェルムから、アレラさんが私を心配してくれていたって聞いて」

「それで、わざわざ訪ねてきてくれたんですか？」

アレラは嬉しそうに笑う。

それから背後を振り返って、困ったように笑ってから部屋の中を示す。

「あの、よければ中へどうぞ。寮の中で一番狭い部屋なんですけど」

「いいんですか？」

「もちろん！」

アレラに誘われて、來実は浮かれた気分で足を踏み入れた。

こんな風に同年代の少女に誘われて部屋にお邪魔するのは初めてで、少し心が躍る。

狭いと彼女は言ったが、それでも日本のワンルームマンションよりは広い。ガーシェルムの部屋と比べると半分以下の狭さとはいえ、きちんと整理されている素敵な部屋だ。

前にこっそりアレラのあとをつけたので、この部屋に入るのは実は二度目なのだが、來実は初めてのような顔をしてソファーに座った。

「あ、すぐにお暇しますので、お茶はお気遣いなく」

すぐさまお茶を淹れようとしたアレラを、來実は慌てて制止した。

実体化しているが、この身体では、なにかを食べることはできないのだ。お茶を出されても飲めないので困ってしまう。

「でも……」

「いいから、座ってください。アレラさんとお話がしたいんです」

來実は渋るアレラをむりやり座らせる。

アレラはどうにも落ち着かない様子だったが、それでも來実の正面に座り、柔らかな笑顔を見せてくれた。

「來実さんが無事で、安心しました」

アレラは心の底から安堵しているようだった。

ほとんど初対面だった來実をこんな風に心配してくれるなんて、本当に優しい子なのだ。ゲームをしているとき、來実はアレラが大好きだった。

「アレラさんこそ。足を怪我されていましたけど、もう大丈夫なんですか？」

「はい。大した怪我ではなかったので、あのときの治癒魔法で後遺症もなくすみました」

アレラの元気そうな様子を見て、來実もほっと息を吐いた。

あんな魔物に襲われたのだ。さぞ恐ろしかっただろうに、そんな感情はおくびにも出さず、気丈に振る舞っている。

「それにしても、驚きました。この学園で黒髪は私だけだと思っていたので」

アレラは來実の髪を見て、ふっと表情を和(やわ)らげる。

この世界で、黒髪は基本的に魔力を持たない者の象徴だ。魔法学園ではかなり珍しい色である。

「來実さんは学年が違うんでしょうか。講義で会っていれば気づきますよね」

「そ、そうですね。アレラさんと同じ講義に出たことはありません」

話を合わせながら、來実はこの話題はまずいと焦る。

別の話はないかと考えていると、アレラがそわそわと視線を宙に彷徨(さまよ)わせた。

「來実さん。その、つかぬことをお伺(うかが)いしてもいいですか？」

「はい、もちろん。なんでしょうか」

話題が変わるのは大歓迎だ。

來実が前のめりで頷くと、アレラは気持ちを落ち着かせるようにふうっと息を吐いたあと、再び來実と視線を合わせた。

「來実さんは、あの人と仲が良いのでしょうか？　昨日も、一緒に助けに来てくれましたし」

改まってそう尋ねるアレラの頬は、ほんのりと朱色に染まっていた。

もじもじとしたアレラの様子を見て、來実はドキッとする。

もしかして、アレラは昨日の件で、ガーシェルムに惚れてしまったのではないだろうか。

昨日のガーシェルムは、來実から見ても格好良かった。だとすれば、來実の存在がふたりの邪魔になってはいけない。

「ち、違います。昨日のアレは、たまたま一緒だっただけで、親しいとかでは……」

「そうなんですね」

來実の返答に、アレラは安心したように頬を緩めた。

どこか嬉しそうな様子のアレラに、來実の胸が苦しくなる。

「あの、どうしてそんな質問を？」

「ふ、深い意味はないんです！　ただその、少し気になってしまって」

真っ赤な顔で慌てふためく様子は、恋をする乙女そのものだ。

「気になるというのは、もしかして、恋愛的な意味で？」

「違っ！　……っては、ない、かもしれません」

アレラは咄嗟に否定しようとしたが、声が尻すぼみになりながらも最終的には認めた。

やはり思った通り、ガーシェルムのことを好きになったのだ。喜ばしいはずなのに、來実の心は重く沈んでいく。

「私なんかが釣り合わないって、分かっているんです。恋をするだけ無駄な相手だって」

切なげに言葉を吐き出すアレラを見て、來実の胸が締めつけられる。

実体化の薬のせいだろうか。存在しないはずの胃が、きりきりと痛みを訴えてくるようだ。

その痛みを無視して、來実はアレラを励まそうと口を開く。

「無駄なんかじゃありません」

確かにアレラとガーシェルムでは身分が違う。だけど、アレラほどの魔法の才があれば、周囲を納得させることは可能だ。

それに、スタンバーグ侯爵は、息子の自由恋愛を推奨している。ガーシェルムが選んだ相手を否定しないだろう。

実際に、ゲームの中ではふたりは周囲にも祝福されて、幸せになっていた。

(いいなぁ。アレラは、望めばガーシェルムと一緒になれるんだ)

羨(うらや)ましいという感情が湧き上がって、來実は慌ててその気持ちを奥深くへと押し込んだ。

ゴーストである來実が、アレラを羨(うらや)むなんてどうかしている。

「身分差なんて、アレラさんなら乗り越えられます」

「でも、私の気持ちは迷惑になってしまいます。あの方には婚約者もおられるのに……」

「婚約者がなんですか！　そんなもの押しのけて――って、え、婚約者？」

勢いで返事をしそうになったが、アレラの言葉を反芻して來実の動きがぴたりと止まる。

ガーシェルムに婚約者はいない。

「待ってください。アレラさん、誰の話をされてます？」

「誰って、もちろんヒレールさんです」

「ヒレール!?」

まさかここで彼の名前が挙がると思わず、來実は驚愕した。

ヒレールはモブキャラで、攻略対象ですらない。まさか、アレラの好意がそっちに向かうとは思っていなかった。

「ええっと、どうしてヒレールなんですか？」

「一緒に逃げている間、ずっと優しく励ましてくださったんです。心細いのはヒレールさんだって同じでしょうに。私が迷わないように手を取ってくださって……その手の逞しさに、なんだか胸が高鳴ってしまって……」

うっとりと語るアレラを見て、來実は心の中で天を仰いだ。

あのとき、アレラを助けたのはヒレールも同じ。あの場に残ったガーシェルムより、アレラの近くにいたヒレールに好感を寄せるのは、自然な流れなのかもしれない。

けれども、攻略対象でもないヒレールに、アレラが惹かれるとは思わないではないか。

「ち、ちなみに、ガーシェルムはどうですか？」

「ガーシェルム様は高嶺の花すぎて、とてもそんな風には見られません」

アレラの言葉に、どうしてなのかと來実は叫びたくなった。

確かにガーシェルムの身分はヒレールより高いが、彼には婚約者がいない。なによりも、アレラはガーシェルムから婚約の打診を受けているはずなのだ。

「それでも、ヒレールよりもずっと可能性がありませんか？　ガーシェルムには婚約者もいませんし、この学園で婚約者を見つけてくるように言われている——なんて話も聞きます」

どう考えても、婚約者がいるヒレールよりも、ガーシェルムを選ぶほうが簡単なはずだ。

來実が疑問をぶつけると、アレラは困ったように眉を八の字にした。

「確かに、ガーシェルム様は婚約者を探しておられるようでした。私も似たような立場なので、その、慰めのような言葉をかけていただいたこともあります」

慰めの言葉とは、婚約の打診をされたときのことを言っているのだろう。

「だったら、どうして」

納得いかない來実が身を乗り出すと、アレラは覚悟を決めたように笑う。

「ガーシェルム様はとても素敵な人です。けれど、心というのは、頭で考えて動くようなものではありません。——そう思いませんか？」

アレラの言葉は正論で、來実は黙ることしかできなかった。

ガーシェルムには悩みがあった。

彼は長年、水魔法を使えないことを悩んでいたが、現在悩んでいるのはそれとは別の案件だ。

「ガーシェルム、聞いてください！」

アレラの部屋から帰ってくると同時に、魔物が出現したかのように來実が騒ぎ立てる。

彼女が言うには、アレラ・キューカはヒレールに恋をしているらしい。たかがひとりの生徒の恋愛事情で、よくもそこまで熱くなれるものだ。

「なるほど。アレラがヒレールに、か。彼には婚約者がいるらしいが……」

「ガーシェルムはどうしてそんなに冷静なんですか。このままだと、ヒレールにアレラをとられちゃいますよ！」

來実はまるでこの世の終わりのような顔をするが、あのふたりが恋仲になったところで、ガーシェルムの心になんらさざ波が立つことはない。

アレラに婚約者にならないかという提案は持ちかけたが、彼女は乗り気ではなさそうだった。

アレラと恋人になれば、水魔法が使えるようになる——その話が事実ならば、確かに少しだけ惜しくはある。

しかし、それだって、來実が言っているだけでなんの根拠もないのだ。

他に好きな男ができたなら、それも仕方ない。


「であれば、当初の予定通り、水魔法の才に優れた相手を婚約者に探すだけだ」

「でも！　それだと、ガーシェルムが幸せになれません」


來実は心底悔しがるようにそう言って、表情を曇らせた。

まったく、本当に奇妙なゴーストだ。

ガーシェルムの最近の悩みは、まさに目の前のゴーストに関することだった。どうやら彼女はガーシェルムの幸せとやらを願っているらしい。

実際、余計なおせっかいでしかない。ガーシェルムはアレラに恋をしているわけではないし、彼がアレラを恋人にしたいと頼んだわけでもない。

彼女が勝手に最良のパートナーだと言って、押しつけているだけにすぎないのだ。

なのに、不思議とそれが苛立(いらだ)たない。

いや、正確には苛立(いらだ)たなかった——というのが正しいか。

それどころか、彼女が自分のために動いてくれていることが嬉しいとさえ感じていた。

相手はゴーストであるというのに、不思議な気分である。


(思えば、こんなに遠慮しなくていい相手というのも珍しい)

侯爵家の嫡男ともなれば、多くの人間が進んで頭を下げてくる。へりくだりながらも、こちらがどれほどの人間かを推し量ってくるのだ。隙を見せれば、すぐに足をすくわれる。

ただでさえ、ガーシェルムは属性の件で出来損ないだと侮られやすい。だから、見くびられないよう常に気を張らなくてはならなかった。

けれどもそんな見栄も、來実の前では不要だった。

來実はゴーストで、本人の主張の通りなら異世界人でもあるらしい。

そのせいか、來実には身分も家もこの国も、すべてが他人事だ。肉体さえないのだから、命を惜しく思うことすらない。

そして友人のように気安くガーシェルムの名前を呼び、感情のままに笑う。

いつの間にか、來実の存在はガーシェルムの日常に溶け込んでしまっていた。

來実のためになにかしてやりたい——自然とそう思って、魔法薬を開発してしまうほどに。

「ガーシェルム、聞いてます？」

「まったく聞いていなかった」

ガーシェルムが來実について考えている間にも、彼女はなにか喋っていたらしい。

正直に答えると、來実は怒ったように彼を睨みつける。

「次の計画を話していたんです！　今度こそ、ちゃんとアレラの好感度を稼がないと」

「まだ諦めていなかったのか」

執拗にアレラにこだわる來実に、ガーシェルムは呆れた。

アレラが他の男を好きだと言っているのだから、大人しく諦めればいいのに。

「諦めません。だいたい、ヒレールには婚約者がいるんです。アレラだって、実りのない恋をするより、ガーシェルムを好きになるほうが良いに決まっています」

果たしてそうだろうかと、ガーシェルムは心の中で首を傾げる。

そもそも自分は、結婚をしても家を優先させるだろう。それなりに妻も大事にするだろうが、そこに恋愛感情が宿るとも思えない。

來実はどうも、ガーシェルムのことを買いかぶっている気がする。

「それで、その計画とやらはどういうものなんだ？」

「強制的に親密度イベントを起こします」

「親密度イベント？」

來実と会話していると、時々こうした意味の分からない言葉が飛び出す。

おそらくは、異世界の言葉なのだろう。

異世界の存在など眉唾ものだと思っていたが、來実の言動を見ていると、本当に異世界から来たのではないかと感じる。

「将来、ガーシェルムとアレラが親密になったときに起こる出来事のひとつです。アレラが誤って媚薬を飲んでしまい、ガーシェルムが薬に悩まされたアレラを助けるんです」

「媚薬？」

「はい。なにせ、ゲームは年齢指定のレーティングがありましたから」

目を輝かせて意味が分からないことを言う來実に、ガーシェルムは頭痛を覚える。

「この場合の助けるというのは、魔法を使って解毒するという意味で合っているか？」

「そんなわけないじゃないですか。ガーシェルムが身体を使って、アレラの熱を鎮めるんです」

さらりと言われた言葉に、耳を疑う。

つまり、媚薬の毒に侵されたアレラを犯せということだ。

「君は、意味を理解して言っているのか？」

「当然じゃないですか。私が読んだ書物には、睦言(むつごと)の内容まで細かく記載されていました」

ふんすと鼻を鳴らしながら胸を張る來実を見て、ガーシェルムは苛立(いらだ)った気分になった。

ガーシェルムとアレラがそうなることを、來実は心の底から望んでいるのだろうか。

これまで、ことあるごとにアレラと恋愛させようとする來実を、ガーシェルムは受け入れていた。ガーシェルムの幸せを思っての行動だと分かっていたからだ。

今までなら、なにも思わなかった言動。けれども最近、それが妙に気に障るようになってきた。

（私がアレラとそういう行為をしても、彼女は何も思わないのだろうか）

能天気な顔でアレラを抱けという來実に、胸の奥がささくれ立つ。

「なるほど。最近のゴーストはずいぶんと耳年増らしい。――が、愛のない行為は駄目と言っていなかったか？」

現状、ガーシェルムにアレラに対する愛情はないし、アレラの方もそれは同じだろう。

愛情がないどころか、アレラは今、ヒレールに好意を持っている。そんな状態で別の男に抱かれるなど、拷問ではないか。

ガーシェルムもアレラとそういう行為をしたいとは思えなかった。

たとえ、それで水魔法の才が目覚めるとしてもだ。

「……それは、言いました。でも、あまりにイレギュラーな出来事が多くて。ゆっくり親交を深めても、上手くいくかも分かりませんし」

來実が表情を曇らせながらつぶやく。

彼女にも、強引な提案をしている自覚はあるのだろう。

「それにだ。君は、私とアレラがそういう関係になっても構わないのか？」

「え？」

ガーシェルムの口から漏れた言葉に、來実はきょとんとした顔をする。

その反応を見て、ガーシェルムは己の失言に気がついた。

(なにを愚かなことを口走っているのだ。構わないもなにも、こいつは以前からそう望んでいるというのに)

來実の言動は変わらない。それなのに苛立ってしまうのは、ガーシェルムの心が変わったからだ。

ガーシェルムは、來実に妬いてほしかったのだ。

アレラとそんなことをしないで、自分を見ろと言ってほしかった。

己の苛立ちの正体に気づいて、ガーシェルムは愕然とする。

「ガーシェルム、どうしましたか？」

「……いや、なんでもない」

表面上は平静を装いながら、それでもガーシェルムは己の感情を受け止めきれずにいた。

誰かに対して、こんな思いを抱いたのは初めてだったのだ。

そんなはずはないと自らの感情を見つめ直すものの、ひとつの結論を出さざるを得ない。

(私は、來実に惹かれているのか)

絶対に恋などしないと思っていた自分が、よりにもよって、人ですらないゴーストを相手に。

こんなことはありえない、違うと否定したかった。

だが、勉強や仕事よりも優先して彼女のために実体化薬を作ったり、足手まといと分かっていて校外実習に彼女を連れて行ったりと、合理に反する行動を何度も取ってしまっていたのは事実だ。

単なる気まぐれで片づけていた、その感情の出どころは——

「ガーシェルム、なんだか顔が赤くありませんか？」

來実が心配した顔で、ガーシェルムの額に手を伸ばす。

熱を測ろうとしたその手が、虚しくすり抜けてしまったのを見て、彼女は表情を曇らせた。

「体調が悪いなら、早めに休んだほうが良いですよ。ガーシェルムが倒れてしまっても、私にはなにもできないんですから」

身体がないのがもどかしいのだろう。

切ない顔をする來実に、ガーシェルムの胸が締めつけられる。

(そんな顔をするな)

ゴーストになってまでやりたかった、彼女の心残り。

それらはすべて、ガーシェルムにとっては取るに足らない、些細な願いばかりであった。

諦めるのには慣れていると言って寂しそうに笑った彼女の願いを、叶えてやりたいと思った。

本来なら、ゴーストは消さなければならない存在だ。

それなのに、ガーシェルムは実体化の薬まで作って、消すとは真逆のことを望んでいる。

(私も――あの父の息子だということか)

ガーシェルムの父は、愚かな人間だ。

スタンバーグ家の嫡男でありながら、恋に溺れて光魔法使いを伴侶に選び、水魔法の才を後世に引き継がなかった父。母の死後も周囲の反対を押し切って、後妻を取らずに独身を貫いている。

ずっと、父がもどかしかった。

家を思うなら、水魔法に優れた後妻を迎えて、弟を産ませて新たな後継者としたほうが良い。

そんな誰にでも分かる判断ができない父を心の底から愚かしいと思う。

だけども、ゴースト相手にこんな気持ちを抱いてしまう自分は、父以上の愚か者だった。

最近、どうもガーシェルムの様子がおかしい。
ぼうっと考え事をする時間が増えて、何度もため息を吐いている。
体調が悪いのかとも思ったが、食事も睡眠もきちんと取っているし、咳をしている様子もない。
「ガーシェルム、もしかして疲れてるんですか?」

勉強をしているのに、まったく進んでいる様子のないガーシェルムを見て、來実はおそるおそる声をかける。

「いや、疲れているわけではない」

「このごろ、なんだか変ですよ。私の話にも上の空なことが多いですし」

「それは、來実の話がくだらないことばかりだからだ」

くだらないと切って捨てられて、來実は少しむっとする。

「くだらなくありません。どうすれば、アレラと親密になれるかって話をしてるんです」

「媚薬を使って彼女を犯せという犯罪教唆(きょうさ)だろう?」

「違います!」

身も蓋(ふた)もないガーシェルムの言葉を、來実は憤慨して否定する。

確かに意図的に媚薬を使って誰かを襲うのは犯罪だ。だけど、あのイベントでアレラが媚薬を飲むのは、あくまで事故である。

作っていた魔法薬の材料に違う種類の薬草が混じっていたせいで、出来上がった薬の効果が変わってしまうのだ。

「偶然アレラが媚薬を作り、そこにこれまた偶然私が居合わせる、と。だが、アレラは最近魔法薬の授業を受講していないぞ」

「……そうなんですよね」

彼女は今、魔法薬には力を入れていないらしく、魔法薬の授業であまり姿を見かけない。

そもそも、あのイベントはアレラとガーシェルムの仲が深まってから発生するものだ。親密度がそう高くない今、自然にイベントが発生するのを待っているだけでは駄目なのかもしれない。

「やっぱり、ガーシェルムが媚薬を作って、こっそりアレラに飲ませるしかないんでしょうか」

「それをやったら犯罪だろう」

來実の提案に、ガーシェルムは呆れた声をあげる。

「そもそも、私は媚薬など作った経験もなければ、作り方も知らん。それに、お前は簡単にアレラに手を出せなどというが、それも無理だ」

「どうしてですか？」

「私は閨教育を受けていない」

閨教育という言葉の意味が一瞬分からなかった來実だが、話の流れからすぐにそれが男女の営みに関する性教育のことだと気づく。

テレビもインターネットもないこの世界では、そういった知識も教育として施されるものなのかもしれない。

けれども、ガーシェルムはそれを受けていない、と。

「あの、過去にそういう経験は――」

「あると思うか？　娼館で遊んでいる人間もいるらしいが、あいにく興味がなかった」

ガーシェルムに過去に彼女がいたとも思わないし、ゲームでもそんな設定はなかった。

それに彼の性格を考えても、女遊びなんてしていないだろう。

「つまり、ガーシェルムは童……」

「身持ちの固い人間を、そういった言葉でからかう風潮はどうかと思うぞ。それに、人のことをどうこう言う前に、君はどうなんだ」

「わ、私はそれこそ、機会に恵まれなかったので」

來実は生前、病気で寝たきりだったのだ。学校にも通わず、病室からほとんど出ることもない生活で、出会いなんてあるはずがない。

その先の男女の行為など、それこそゲーム画面でしか見たことがなかった。

「ふん。やはり、人のことを言えないのではないか」

來実が未経験だと白状すると、ガーシェルムはそれ見たことかと満足げに笑う。

「まあ、そういう理由で私はアレラに手を出せない。どうしてもやれと言うのなら、その前に君が練習台になれ」

「れ、練習台？」

「君がそこまで覚悟を決めて身を投げ出すというのなら、私も真剣に考えよう」

ガーシェルムは來実にできるはずがないと思って、この話を終わらせるためにこんな条件を切り出したのだろう。

その証拠に、これ以上くだらない話をするなとばかりに、彼は机に向き直った。

そんなガーシェルムの背中を、來実はじっと見つめる。そして、覚悟を決めて口を開いた。

「……い、良いですよ」

「なに？」

まさか了承の返事が返ってくると思わなかったのだろう。ガーシェルムは驚いた顔で、勢いよく來実を振り返る。

「ガーシェルムの練習台に、なります」

こんなことを自分から言うなんて、ものすごく緊張する。

蚊の鳴くような小さな声だったが、それでも來実はしっかりと宣言した。

「意味を分かって言っているのか？」

「当たり前です。私が言い出したことなんですから」

媚薬の熱で苦しむアレラを、ガーシェルムが慰める——そのイベントは繰り返して何度もプレイした。ガーシェルムがどうやってアレラに触れるのか、その一挙一動を覚えている。

これから自分が同じようにガーシェルムに触れられるのだと思うと、ないはずの心臓が高鳴った。

（これは、アレラとガーシェルムのため）

來実は心の中でそう言い訳する。

「……君は、自分の身を犠牲にしてまで、私とアレラに結ばれてほしいのか」

ガーシェルムの眉間にぎゅっと皺が寄る。

彼はおもむろに椅子から立ち上がり、剣呑な雰囲気のまま棚へ向かうと、実体化の薬を手に取った。そしてそのまま、どっかりとベッドの縁に座る。

「本気でその覚悟があるなら、こちらに来い」

危険な色を帯びた、ガーシェルムの誘い。

來実はどきどきしながら、彼の側へと近づいた。

ガーシェルムが瓶を傾けて、來実の身体に実体化の薬をかける。すると、薬液が触れた部分から身体の感覚が戻ってくる。ふわふわと夢見心地だった身体が、現実に引き戻される。

そうして輪郭を取り戻した來実の頬に、ガーシェルムが触れた。

「目を閉じろ」

ガーシェルムの顔が近い。

その美しく整った瞳に自分の姿が映っているのが見えて、來実は慌てて言われた通りに目を閉じた。

これは練習だ。そう思っていても、緊張するのを止められない。

はらりとガーシェルムの髪が頬に落ちると、唇に柔らかな感覚が重なった。

「んっ」

ガーシェルムの唇が熱い。

触れるだけの短いキスのあと、來実はゆっくりと目を開けた。

熱と怒りを帯びたガーシェルムの瞳が、まっすぐに來実を射貫いている。

「あの、もしかして怒っています？」

「かもしれないな。なぜだと思う？」

分からないと來実が首を左右に振ると、ガーシェルムの目が少しだけ柔らかくなった。

「気にするな。ただのやつ当たりだ」

そう告げるガーシェルムの唇に、視線が引きつけられる。

先ほど、あの唇とキスをしたのだ。

「初めてキスなんてしました」

「そうか。感想は？」

「いっぱいいっぱいで、正直、よく分かりません」

來実に心臓があれば、きっとすごい速度で脈打っていただろう。

來実が感想にならない感想を告げると、ガーシェルムは不敵に笑う。

「なら、もう一度だな」

「んんっ」

言うやいなや、ガーシェルムは再び來実にキスをした。

先ほどよりもずっと長い口づけ。

來実の後頭部にはガーシェルムの手が回り、身動きひとつ取ることができない。

ガーシェルムの薄い唇が、來実のそれを優しく啄む。冷たい物言いと反するような優しい口づけに、來実の身体が熱くなっていく。

ガーシェルムが与えてくれる熱に夢中になっていると、來実の口内にぬるりと舌が入り込んできた。

「んっ、ふぅ」

まるで、熱の塊を食べているみたいだった。

口内に入り込んだ肉厚の舌をどう扱えばいいのか困惑していると、ガーシェルムが動き始める。

ガーシェルムの舌が蠢き、絡まり、來実を翻弄していく。

舌への愛撫に反応した來実の身じろぎで、ベッドが軋んだ音を立てた。

ただ口づけを交わしているだけなのに、淫靡な雰囲気に呑みこまれてしまいそうだ。

(気持ちが良い……)

口づけがこんなにも心地よいなんて、知らなかった。

今の來実の身体は紛い物だ。この熱も、優しく後頭部を撫でてくれているガーシェルムの手の感覚も、來実の心が作り出した幻にすぎない。

なのに、こんなにも気持ちが良いのは、きっと來実の心がガーシェルムに触れられることを望んでいるからだ。

もっと深く繋がりたい。

ガーシェルムの熱を受け入れながら來実がそんなことを考えた瞬間、後頭部にあったガーシェルムの手が來実の腰へと下りてきた。

衣服の上から背中のラインをなぞり、ウエストのあたりで怪しく蠢く。

逞しい掌が布越しに触れる感覚が心地よくて、もっと奥まで触れてほしくなる。そう思っているのは來実だけではないらしい。

ガーシェルムは舌を來実から引き抜くと、今度は彼女の首筋に口づけを落とした。

片方の手で來実の腰をまさぐりながら、開いた襟元の上に何度もキスを降らせていく。

「どうしても嫌だと思ったら、抵抗しろ」

ギシリとベッドが大きく軋んだ。

ガーシェルムは、來実の身体を傾けてベッドの上へと押し倒す。

部屋の天井は、すぐに覆いかぶさってきたガーシェルムの身体で見えなくなる。彼は來実の上に跨ると、首元へのキスを再開した。

來実はイメージで作り出した魔法学園の制服を着ているのだが、ガーシェルムがボタンを外すと、あっさりと乱れてしまった。

ガーシェルムの手によって広げられた胸元に、彼はキスの華を咲かせていく。

嫌だと思ったら抵抗しろと彼は言ったが、來実はその行為に欠片の嫌悪感も抱かなかった。

それどころか、ガーシェルムに触れられた箇所すべてが心地よく、ずっとこうしていてほしいとさえ思う。

「ふっ、……ああっ」

薄い膨らみの際を唇でなぞられると、來実の口元から甘い声が漏れた。

その反応に気を良くしたのか、ガーシェルムは掌を彼女の胸へと這わせる。

「んっ、ガーシェルム、そこは……っ」

「嫌だったら抵抗しろと言ったぞ」

掌でささやかな胸肉を撫でられて、來実はぎゅっと目を瞑る。

恥ずかしいが、やめてほしいわけではないのだ。

來実に抵抗の意思がないことを感じたのか、ガーシェルムは來実の衣服をさらにはだけさせた。

「あっ……」

胸元をむき出しにされ、來実は羞恥に頬を赤らめる。咄嗟に手で胸元を覆い、ガーシェルムの目から身体を隠した。

「身体を見られるのは嫌か？」

「だって、その……見すぼらしいので」

來実の身体は細い。病気で身体を鍛えることができなかった上に、食事制限があったので、ほとんど肉がついていないのだ。

アレラは乙女ゲームのヒロインらしく、細身ながらも肉感的な身体をしている。

胸だって決して小さくなく、きっと抱き心地も良いだろう。

(練習とはいえ、こんな身体をガーシェルムに見せるのは……)

アレラと自分を比べてしまって、來実は落ち込んだ。

「あの、やっぱり私じゃ駄目です。全然、女性らしくないので……れ、練習が必要なら、娼館とかでそういう女の人に頼んだほうが——んっ！」

コンプレックスから行為を中断しようとした來実の唇を、ガーシェルムがキスで塞ぐ。

「私は、君がいい」

唇が離れたあと、至近距離で口説くような言葉をささやかれて、來実から抵抗の意思が奪われる。

力が抜けた來実に、ガーシェルムは愛撫を再開した。

「んっ」

薄い胸肉を掌（てのひら）全体で包まれ、先端を親指で転がされると、來実の身体がびくりと跳ねる。

「君は女性らしくないと言ったが、そんなことはないぞ」

來実の身体の形を確認するように、ガーシェルムは大きな掌（てのひら）でゆっくりと彼女を撫でる。

丸みを帯びた肩、ふくらみの薄い胸、細い腰。

ガーシェルムと比べるとあまりに華奢（きゃしゃ）なその身体を、壊れ物でも扱うような丁寧さで彼は愛撫していく。

「細くても柔らかさがあるな。十分、欲情する」

その言葉を裏づけるように、ガーシェルムの下腹部は衣服を押し上げて存在を主張していた。

ガーシェルムが自分に欲情しているのだと分かった瞬間、來実の中に湧き上がってきたのは喜びだ。

こうしてガーシェルムに抱かれていることが、來実は嬉しくて仕方なかった。

「ガーシェルム……んんっ！」

來実が彼の名を呼ぶと、ガーシェルムは唇で來実の胸への愛撫を始めた。

柔らかな唇で先端を食（は）まれ、舌で転がされる。

すると、じんとした甘い痺（しび）れが全身に広がって、お腹の奥がじんわり熱くなった。

「硬くなってる」

ガーシェルムは來実の胸をいじりながら、嗜虐的な笑みを見せる。

彼が指摘した通り、來実の胸の先端は彼を欲しがるようにぷくりと膨らんで、その存在を主張していた。

「そ、それは、こんな風に触られたら、誰だって……」

「そうでもないぞ。君の今の身体は幻だ。つまり、こういう反応をしているということは、君の心が俺を欲しいと思っているという証拠だ。……違うか？」

魔法薬で再現された來実の身体に、正常な生理現象はない。

ガーシェルムに触れられた感触も、身体の反応も、來実の心が作り上げた幻影なのだ。

來実が心の奥でガーシェルムに触れられたら気持ちが良いと思っているからこそ、こんなにも乱れてしまう。

「んっ、はぁ、ガーシェルム……」

まるで心を暴かれているようで恥ずかしく、けれども身体は簡単に彼に翻弄されてしまう。

ガーシェルムの言う通り、來実は彼を求めていた。

アレラと行為をするための練習。そんな口実でも触れてほしいと思うくらいには、彼に惹かれてしまっているのだ。

（私、ガーシェルムのことが好きだ）

前からその予感はあったが、こうして触れられて、はっきりと自覚する。

けれども、來実はゴーストだ。いくら望んだところで、ガーシェルムと結ばれることなどない。

だからこそ、心に蓋をして、執拗にアレラと彼が結ばれるようにしようとしたのだ。

相手がアレラであれば、諦められる。

ヒロインである彼女と結ばれてガーシェルムが幸せになるなら、仕方がない。

そう思っていたのに、結局、アレラに嫉妬した。そしてガーシェルムに触れてほしくて、浅ましくも提案を受け入れたのだ。

(私、最低だ。自分の気持ちを隠して、ガーシェルムに抱いてもらおうなんて)

「來実」

ガーシェルムが熱っぽく來実の名前を呼び、唇を奪った。

あまりにも気持ち良すぎて、まるでガーシェルムに愛されているのだと錯覚しそうになる。

「……ガーシェルム」

続けて、好きだと言いたくなるが、その言葉を押し殺す。

ガーシェルムにとって、この行為はただの練習でしかない。

ゴーストである來実にそんな気持ちを向けられたって、迷惑にしかならないだろう。

(私のこの気持ちが、叶うことなんて絶対にないんだ)

すぐ側にガーシェルムの身体があるのに、心が遠くて苦しい。身体と心の距離がちぐはぐだ。

「來実?」

ガーシェルムの動きがぴたりと止まる。

彼は來実の顔を覗きこむと、傷ついたように顔を歪めた。

「……泣くほど嫌なら、もっと抵抗しろ」

「え？」

ガーシェルムに指摘されて、來実は自分が涙を流していることに気がついた。

ガーシェルムは小さく息を吐き出すと、來実の上から退く。

「ち、違うんです。これは、嫌とかじゃなくて！」

ガーシェルムへの気持ちを自覚した。それと同時に、ゴーストの自分ではどうやったってガーシェルムと結ばれることができないのだと気がついた。

それが苦しくて、気持ちを隠したまま抱かれようとしている自分が浅ましくて、感情が乱れてしまったからなのだ。

「無理はしなくていい。私も少し、調子に乗りすぎた」

ガーシェルムはそう言うと、これで終わりとばかりに乱れた來実の衣服を整えた。

肌が隠されると、ガーシェルムが來実から離れていく。

「ガーシェルム、その、さっきのは違うんです。私……」

「なにも言わなくていい。君の気持ちは知っている。私にアレラと結ばれてほしいんだろう？」

「それは……そう、ですけど」

ガーシェルムに確認するように問われて、來実は力なく首を縦に振った。

本音など言えるはずがない。

（だって、私はゴーストだ。もう、死んでしまっているんだから）

ガーシェルムに好きだと告げて、それで、どうなるというのか。

この世界に居場所なんてない。身体もない。ガーシェルムが作ってくれた薬がなければ、彼以外の人間と喋（しゃべ）ることもできない。当然、子供を産むことなんてできるはずがない。それどころか、いつ消えてしまうかも分からない身の上なのだ。

だったら、ガーシェルムは他の誰かと結ばれたほうが良いじゃないか。

相手がアレラなら祝福できる。きっと、祝福できるはずだ。

「すまないが、少し頭を冷やしたい。……ひとりにしてくれないか？」

ガーシェルムは來実を拒絶するように背中を向けた。

さっきまで、あんなにも幸せな気持ちだったのに、雪の中に放り出されたかのように心が冷えて胸が痛い。

「分かりました。私、少し散歩してきます」

來実にも時間が必要だった。

今は感情がぐちゃぐちゃで、ガーシェルムの顔をまともに見られそうにない。

來実は力なく立ち上がると、彼に背を向けて部屋を出た。

バタリと閉まったドアを見て、ガーシェルムは深いため息を吐き出した。

誰もいなくなった部屋の中で、ひとり頭を抱える。

「なにをやっているんだ、私は……」

來実を泣かせてしまった。

堪(こら)えるような、苦しそうな彼女の顔を思い出すと、ガーシェルムの胸が締めつけられる。

アレラとの仲を応援されて、腹が立っていた。だからこそ、來実に対して練習台になれなんていう暴言が言えたのだ。

もちろん、來実は断るだろうと思っていた。けれども、彼女は予想に反してガーシェルムの提案を受け入れた。

ガーシェルムとて、初めはあそこまでするつもりはなかった。練習なんていう名目で彼女に触れるのは、卑怯だ。だから、ほんの少しだけ脅(おど)してやるつもりだった。

ガーシェルムの気持ちをまったく分かろうとしない來実が思い知ればいいと、そんな軽い気持ちだったのだ。

けれども、触れてしまえばもう駄目だった。

ガーシェルムの前で無防備に目を閉じる來実の姿に、簡単に理性が吹き飛んだ。

重ねた唇は、これが幻だとは思えないほどに柔らかくて、何度でも触れたくなる。

彼女のすべてを奪いたい。

その欲望のまま、気づけばベッドの上に來実を押し倒していた。

（來実は私を軽蔑しただろうか）

本当は、ガーシェルムに触れられるのは嫌だったのかもしれない。だからこそ、彼女は泣いたのだろう。

來実にとっては、他の女のために自分を練習台にしようとしてくる男だ。軽蔑されても仕方がない。

「くそ……っ」

愚かしいのは、それでもなお、すぐには落ち着きを取り戻さない己（おのれ）の身体だ。

彼女のなまめかしい肢体（したい）を目の当（ま）たりにして、ガーシェルムの身体には欲と熱が渦巻いていた。

このままでは、彼女の意思を無視してすべてを奪ってしまうかもしれない。

だからこそ、部屋から來実を追い出した。

そもそも、四六時中彼女がずっと側にいるというのがいけない。

向こうはゴーストだから生理現象など存在しないだろうが、ガーシェルムは健全な若い男なのだ。

気になる異性が常に近くにいれば、邪（よこしま）な気持ちになることだってある。

それを抑え続けた結果、今回の暴走だ。

己（おのれ）の熱を消し去るために、ガーシェルムは何度も深呼吸を繰り返す。

ちらつく雑念を消し去って、どうにか身体が落ち着くと、今度は部屋の静けさが気になった。

最近はどんなときも來実が側にいたから、部屋の中に自分以外の気配がないのが、なんだか寂しく感じる。

（少し前までは、これが普通だったというのに）

よく喋る彼女が部屋の中にいないと、物足りない。

ひとりきりの部屋は、こんなにも静かだっただろうか。

（來実は戻ってくるよな？）

ひとりにしろと言ったのはガーシェルムのくせに、ふと不安になった。

來実は突然、ガーシェルムの前に現れた。それと同じように、突然どこかに消えてしまうということはないだろうか。

想像した途端、ガーシェルムの胸中が騒めいて落ち着かなくなる。

部屋を出て行った彼女は今、どこにいるのだろうか。魔法薬を使ったので、もうしばらくは実体化しているはずだ。だとすれば、男子寮にはいられないだろう。

休日の校舎に入り込むとも思えない。だとすれば、行き先は中庭だろうか。

少しだけ躊躇ってから、ガーシェルムは立ち上がって部屋を出た。

もし彼女が戻って来なかったらと思うと、いてもたってもいられなくなったのだ。

來実を迎えに行くために、ガーシェルムは中庭へと向かった。

魔法学園の学生寮は男女で別の棟になっていて、それぞれ、許可なく異性が立ち入ることはでき

ない。

薬を飲んで実体化している來実が、男子寮を歩いていれば目立つだろう。

來実は人目を盗んで男子寮から出ると、中庭のベンチで時間を潰すことにした。

よく晴れた良い天気だ。頬を撫でる風は温かく、降り注ぐ日差しが心地よい。

身体のどこにも痛みはないし、こうして自由に外を歩ける。

それだけで十分、幸せなはずだ。

それなのに、來実の心はいっこうに晴れなかった。

(大丈夫。諦めるのには慣れている)

望んだものが手に入らないなんて、いつものことだ。

できないことを嘆くより、今ある幸せを喜ぶべき。

自分に言い聞かせて、來実はガーシェルムへの想いを断ち切ろうとする。

(なにもできずに死んだ私が、人を好きになることができた)

それは素晴らしいことのはずだ。青春がしたい、恋がしたいとずっと望んでいたのだから。

來実はそう考えて心を上向けようとしたが、気持ちは晴れてくれなかった。

ガーシェルムが別の女性と笑い合う姿を想像すると、胸が張り裂けそうに痛んだ。

ガーシェルムには幸せになってほしいのに、その隣にいるのは自分ではないのだ。

(好きだって、自覚した途端に失恋かぁ)

恋すらできずに死んだ來実にしてみれば、幸せな悩みなのかもしれない。

けれども、こんなに苦しい気持ちになるなら、好きになんてならないほうがよかった。

ガーシェルムを好きにならなければ、ただ純粋に彼の幸せを願えたのに。

じわりと目元に涙が浮かぶ。

紛い物の身体なのに、悲しくなると涙が出てくるのが不思議でたまらない。

來実のために、ガーシェルムが作ってくれた魔法薬。彼の優しさが嬉しくて、だけど身体が現実に近づくほどに欲望が大きくなる。

ガーシェルムに触れたい。

練習なんかじゃなくて、來実自身を好きになって、抱きしめてほしい。

抱きしめて、キスをして、その先だって――

浅ましい欲望が際限なく湧いてくる。

この感情をどう片づければいいか分からなかった。

「あれ、來実さん？」

声をかけられて、來実はハッと顔を上げる。

そこには、大量の本を抱えたヒレールの姿があった。ヒレールは暗い顔の來実を見て、心配そうに表情を曇らせる。

「どうかされたんですか？　体調でも悪いとか」

気遣う言葉をかけてくれるヒレールに、來実は笑顔を作ってみせた。

「なんでもないんです。少し、考え事をしていて。それよりも、すごい荷物ですね」

來実は話題を変えようと、彼が抱えている本を見て言う。

するとヒレールは自ら（みずか）が抱えた本の山を見下ろして、困ったように笑う。

「少し調べものをしていて……でも、ちょっと疲れました。お隣、座っても構いませんか？」

來実が頷くと、ヒレールはよいしょと彼女の隣に腰をかけた。

おそらく、落ち込んでいた來実を気分転換させようとしてくれているのだろう。

抱えた本をベンチに置くと、ヒレールはふうと息を吐いた。

「学園の図書館って、蔵書の多さはありがたいんですが、寮から遠いのが難点です」

「なにを調べていたんですか？」

「先日、領地の森に出た魔物のことを。あとは、婚約者の容態について少し」

実習で出くわした魔物は、結局、学園の誰にも正体が分からなかった。

魔物の遺体はヒレールの父であるソーフェル子爵が引き取って調査中だが、どうも難航しているらしい。

「婚約者さん、まだ意識が戻らないんですか？　倒れたのって、結構前でしたよね」

婚約者が倒れたという話をしていたのは、火ネズミの実習のときだ。それからひと月近く経っているが、まだ彼女の容態は悪いままなのだろうか。

來実が心配すると、ヒレールは不思議そうな顔をした。

「あれ？　僕、來実さんに話しましたっけ」

「ああ、えっと、ガーシェルムがそんなことを言っていたんです」

しまったと、來実は慌てて誤魔化した。

まさか、ゴーストになって立ち聞きしたとは言えるはずがない。

「ガーシェルム様と仲が良いんですね」

「そうだったら良いのにって、思ってます」

はっきりと仲が良いと言うことはできず、來実は複雑な気持ちでそう告げた。

「僕の目には仲が良いように見えましたけど。もしかして、複雑な関係なんですか？」

「複雑な関係というか、一方的に私が慕っているというか……」

「なるほど。まぁ、僕たちみたいなのは複雑ですよね。恋愛をしたくても、身分や家の都合がありますし。相手がスタンバーグ家ともなると、大変でしょう」

來実の言葉に共感する部分があったのか、ヒレールは何度も頷いた。

來実がいた世界と違って、この世界の恋愛事情は身分も絡んで複雑だ。

学園に入るまでに婚約者が決まっている者が多いし、中には入学前に婚姻関係を結んでいる生徒もいるくらいだ。

ヒレールにも婚約者がいるらしいし、そちら側の人間なのだろう。

「ヒレールさんは、婚約者と仲が良いんですか？」

アレラはヒレールのことが好きなのだと言っていた。彼女の恋が叶う可能性はあるのだろうか。

「リラズは良い友人ですよ」

ヒレールはそう言うと、表情を曇らせた。

そういえば、前にもヒレールは婚約者のことを友人だと称していた。それには、特別な意味がありそうだ。

「僕たちは親が決めた婚約なんです。でも、リラズには別に好きな人がいたし、僕も彼女のことは友人としてしか見られなかった」

婚約に消極的なヒレールの発言に、來実は驚く。

「つまり、望んだ婚約じゃなかったんですか？」

來実が尋ねると、ヒレールはゆっくりと頷いた。

「実は僕たち、両親を説得して婚約を解消できないかって相談をしていたんです」

ヒレールとリラズは、婚約を解消するための根回しをしていた。けれどもその途中で、突然、リラズが倒れてしまったらしい。

「彼女は次の春から学園に入学する予定でした。できれば、それまでに婚約を解消しておきたかったんですが、彼女が倒れてしまってそうもいかなくなりました」

そう話すヒレールの表情は暗い。

婚約者としては上手くいっていないが、友人としては良い関係だったようだ。リラズのことを心配するあまり、授業に身が入っていなかったのも頷ける。

「ずっと意識を失ったままなんですよね。原因は分かったんですか？」

「それが、まだ原因も不明なままなんです。医者が言うには、身体は健康そのものなんだとか。魔力的な反応があるらしいので、もしかしたら誰かに呪いをかけられたんじゃないか、なんて話も出てきています」

「誰かがリラズさんを恨んで呪いをかけたってことですか？」

「分かりません。人から恨みを買うような子ではないんですが……」

この世界には呪いも存在しているらしいが、その詳細はまだ解明されていない。呪いを使うには特殊な魔力が必要らしく、扱える人間がまずいないそうだ。

ごくまれに、呪いをかけてくる魔物はいるが、その数はとても少ないらしい。

もし特殊な才を持つ人がいたとしても、人を呪うような魔法は禁術とされ、使えば罰せられるのだ。そのため、普通の魔法使いが軽々しく使えるようなものではないのだとか。

「心配ですね」

「はい。父も彼女を救おうと手を尽くしていたんですが、先日の魔物の件で、彼女にばかり時間を割くわけにもいかなくなってしまって」

それで、少しでも手掛かりはないかと、ヒレールが調べているのだろう。

ほとんど寝たきりだった生前を思い出して、來実は胸が苦しくなる。來実の両親も、彼女の病(やまい)がどうにか治らないかと心を痛めてくれていた。

婚約者を心配するヒレールと、両親の姿が重なる。

リラズのことはなにも知らないが、早く良くなればいいのにと願う。

「っと、すみません。來実さんの話を聞こうと思ったのに、僕の愚痴になってしまいました」

「とんでもない。声をかけてもらえて嬉しかったです」

「なんのアドバイスもできてませんけどね。ただまあ、色んな事情はあるでしょうが、だからって、すべてを諦める必要はないと思いますよ」

ヒレールの言葉に、來実は肩を落とす。

すべてを諦める必要がない。本当にそうだったら、どれだけ良いか。

「でも、絶対に結ばれることのできない相手からの好意なんて、迷惑なだけじゃありませんか？」

「まぁ、もしかしたらそういうこともあるかもしれませんが」

ヒレールは來実の言葉を否定しなかった。

想うだけなら自由だが、好意の押しつけは、ときには迷惑になることもある。

來実の好意を知ったら、ガーシェルムはどう思うだろうか。

「だけど、要は自分がどうしたいかですよ。諦めたほうが楽なときもあります。相手から嫌われるかもしれないリスクと、伝えたい気持ちを天秤にかけて、どちらに傾くかです」

諭(さと)すようなヒレールの話に、來実は真剣に耳を傾ける。

ガーシェルムへの好意をどうしたいのか、來実はまだ決めきれていない。

諦めなきゃいけないとは思う。

けれど、それと同時にこの気持ちを伝えてしまいたい気もした。

「僕も色々悩みました。家のためには、親に言われたまま結婚するのが一番でしたから。だけど、自分の気持ちに正直に生きるって決めたんです。幸い、この婚約がないと家が傾いてしまうほどの危機に瀕(ひん)しているわけではありませんしね」

家の事情や自分の気持ちを天秤にかけて、ヒレールは婚約を解消することを決めたらしい。

状況によっては、自由な恋愛など絶対に選べない。

けれどもヒレールの場合、両家の仲が良かったからこそ結ばれた縁で、政治的に重要な婚約ではなかったのだろう。

「來実さんがどうしたいか、たくさん悩んで決めたらいいと思います」

ヒレールの穏やかな笑顔は、見ているとなんだか安心する。

会話した回数はそう多くないのに、昔からの知り合いに慰(なぐさ)められているみたいな気持ちになるのだ。きっとアレラは、ヒレールのこういう部分を好きになったのだろう。

彼はそろそろ戻りますと立ち上がり、たくさんの本を抱えて寮へと戻っていく。

ヒレールの背中を見送ったあとも、來実はしばらくベンチに座り続けた。

(私はガーシェルムにどうしてほしいんだろう)

もう、以前のような気持ちでアレラと結ばれてほしいとは思えなかった。

自分の気持ちを自覚した今、ガーシェルムが別の誰かと恋愛するところなんて見たくない。

ガーシェルムには、アレラではなく、來実を好きになってほしいのだ。

(そうか。私、ガーシェルムの恋人になりたいんだ)

もう死んでいる身で、酷く浅ましい願いだった。

來実と両想いになったとしても、ガーシェルムは幸せになんてなれない。

彼の幸せを願うなら、今まで通りアレラと結ばれるよう応援すべきだ。

ガーシェルムに幸せになってほしいという気持ちは変わっていないのに、來実はガーシェルムが不幸になる道を望んでいる。

身勝手な願いだが、自分の願望を自覚すると、苦しさが少しマシになった気がした。

「來実、ここにいたのか」

声をかけられて、來実ははっと顔を上げる。

この声を聞き間違えるはずがない。

声がした方を向くと、少し離れた場所に、どこか気まずい顔をしたガーシェルムが立っていた。

彼の姿を見た瞬間、來実の心が浮足立つ。

「ガーシェルム、どうしたんですか？」

「君がなかなか戻ってこないから、気になって」

もしかして、捜してくれたのだろうか。

彼はゆっくりとベンチに近づくと、慌てて立ち上がった來実の正面で足を止めた。

「追い出してすまなかった。それに、練習などと言って、君に酷いことをした」

ガーシェルムは申し訳なさそうに頭を下げる。

行為の途中で來実が泣いたことを、彼は誤解しているのだ。

「違います！　あれは、私が良いって言ったわけですし」

「それでも。あんなこと、するべきじゃなかった」

後悔するガーシェルムの言葉を聞いて、來実の胸の奥がぎゅっと締めつけられる。

全面的に悪いのは來実だ。

ガーシェルムの軽口に乗って、彼に手を出してもらうことを望んだのだから。

「ひとりにしろと言ったのは私なのに、もしこのまま君が戻ってこなかったらと思うと、怖くなったんだ。気づいたら、君を捜しに部屋を出ていた。我ながら、本当に愚かな行為だ」

ガーシェルムは大きくため息を吐き出して言うと、ぐしゃりと自分の前髪をかき混ぜた。

珍しく、どこか焦燥感(しょうそうかん)の滲(にじ)むガーシェルムの表情。

そんな顔をされてしまえば、期待してしまうではないか。

こうして必死に捜してくれたのは、來実のことを特別に思っているからではないかと。

「君を傷つけるようなことは、もうしない。だから、今まで通り側にいてくれないか？」

側にいてほしいと請われて、來実の心がかき乱される。

來実だって、ずっとガーシェルムの側にいたい。

だけど、自分の本当の願いを自覚してしまった今、前と同じように接するなんて不可能だ。

「……今まで通りなんて、無理です」

「來実？」

「私、もうガーシェルムの幸せを願えない。アレラと結ばれてほしいなんて、思えない」

ガーシェルムにとっては、ゲームと同じようにアレラと結ばれるのが最良の道だ。

ガーシェルムはずっと望んでいた水魔法の才に目覚めるし、最愛の人を得ることができる。

それが分かっているのに、もうふたりを応援することができない。

自分の気持ちを自覚した。

ゴーストのくせに、身に余る願いを抱いてしまった。

この気持ちを伝えてしまえば、ガーシェルムとの関係が変わってしまうかもしれない。

今まで通り一緒にいることはできなくなるかもしれない。

それでも、來実は伝えたかった。

彼の迷惑にしかならないと分かっていても、もう黙ってはいられなかった。

「ガーシェルムのことが好きなんです」

はっと、ガーシェルムが息を吞んだ。

來実はじっと彼の瞳を見つめる。

「私はゴーストですし、この気持ちが迷惑なのは分かってます。でも、やっぱり嘘はつけなくて……」

そこまで言って、來実はぎゅっと目を瞑った。

きっとこれでもう、彼と一緒にはいられないだろう。

もし出て行けと言われたら、どうすればいいだろうか。

いっそ消えてしまえれば良いのだが、來実には消え方さえも分からない。

來実は断罪される罪人のような気持ちで、ガーシェルムの返答を待つ。

すると突然、ガーシェルムが來実を抱きしめた。

「ガーシェルム？」

「どうして君が先に言うんだ」

「え？」

どうして抱きしめられているのか。

ガーシェルムの言葉の意味が分からず、彼の腕の中で來実は目を瞬（またた）いた。

「私がどんな気持ちでいたか、君はまったく分かっていない。平気で他の女との恋愛を応援されるし、かと思えば練習のために自分を抱いてもいいと言う。そうして実際に手を出したら、途中で泣き出す。さすがに反省して自重しようと思ったら、今度は私を好きだと？」

「すみません……」

改めて列挙されると、支離滅裂な行動ばかりしている。

「謝るな」

思わず來実が謝罪すると、ジロリとガーシェルムに睨（にら）まれてしまった。

「なんの謝罪だ？　私を好きだと言ったことを撤回すると言うなら、受けつけんぞ」

「撤回するつもりはないですけど……」

ガーシェルムの言いたいことが分からず、來実は混乱した。

言葉だけを聞くとガーシェルムは怒っているように思える。しかし、だったらどうして來実は彼に抱きしめられているのか。

「あの、私の気持ちは迷惑じゃないんでしょうか？」

「迷惑だと思っていたら、こんな風に捜しに来るものか」

ガーシェルムはそう言い捨ててから、ふとなにかに気づいたように來実を離し、居住まいを正した。

真剣な顔をして、來実の目をまっすぐ覗き込む。

彼の瞳の奥に甘い熱を感じて、來実の胸が高鳴った。

「君が好きだ」

ガーシェルムに告白されて、來実は驚きのあまりぽかんと口を開けた。

「ほ、本当に？　これ、夢じゃないですよね」

「ゴーストは夢など見ないだろう」

「そうですけど！　でも、信じられなくて」

ガーシェルムはアレラを好きになるはずなのだ。

それなのに、こんな気持ちを自分がもらっていいのだろうか。

けれども、ガーシェルムが來実を見る目は愛おしさにあふれていて、先ほどの言葉が幻ではないのだと思わせてくれる。

「私、これからもガーシェルムの側にいて良いですか？」

「さっきもそう言った。今いなくなられては、私が困る」

「ガーシェルム！」

告白してしまえば、もう彼の側にはいられないのだと思っていたのだ。

だからガーシェルムと両想いなのだと分かった途端、どうしようもないほどの喜びがじわじわと湧き出てきた。

嬉しさのあまり、今度は來実がガーシェルムに抱き着いた。

ガーシェルムの腕が背中に回る。彼の腕の中で、來実はこの奇跡に感謝した。

このままずっと、ガーシェルムに触れていたい。

そう思った瞬間、薬の効果が切れてしまったようで、來実の身体が質量を失っていく。

それと同時に感覚も抜け落ち、ガーシェルムの温もりも失われる。

自分がゴーストなのだということを思い知らされるようだった。

「……薬、切れてしまいました」

両想いになっても、ガーシェルムにまともに触れることさえできない。

こんな自分が、ガーシェルムに想いを向けてもらえる資格があるのだろうか。

曇った來実の頬に、ガーシェルムがそっと掌(てのひら)を添える。

「薬なら、いくらでも作ってやる。部屋に戻ろう」

來実を見つめるガーシェルムの目は優しい。

ガーシェルムは、來実がゴーストであることなど最初から知っている。すべてを理解した上で、
彼は來実を好きになってくれたのだ。

ガーシェルムの優しさに触れて、落ち込みそうな気分が引き上げられる。

「ガーシェルム、大好きです」

「私もだ」

柔らかな微笑みにつられて、來実の頬も緩む。
幸せを噛みしめながら、來実は透けた手を彼の掌に重ねた。

來実はふわふわと浮かれた気分で、ガーシェルムの部屋へと戻った。

ずっと嬉しそうにニヤニヤと笑う來実につられたように、ガーシェルムの口角も上がっている。

ガーシェルムは寮部屋へと戻るなり、魔法薬の棚へと向かって、実体化の薬を手に取った。

残りが少なくなった薬液が瓶の中で揺れる。

「今あるのはこれで最後だな。また調合しなくては」

そう言いながら、ガーシェルムはその残り少ない魔法薬を躊躇(ためら)いなく來実に振りかけた。

「残しておいたほうが良かったのでは？」

「またすぐに作るさ。それよりも、今すぐ君に触れたい」

感覚を取り戻したばかりの來実の頬に、ガーシェルムの手が触れた。

彼は來実の顎(あご)をそっと上向けると、そのまま唇にキスをする。

「んんっ」

柔らかな唇に触れながら、來実はその感触に酔いしれていた。

今度は練習などではない。ガーシェルムが來実にキスをしたいと思い、触れてくれている。

そう思ったら、心の奥まで喜びで満たされる。

「ガーシェルム、好きです」

來実はガーシェルムの首に腕を回して、自分からもキスをした。

互いに求め合うような口づけは次第に深くなっていく。

來実の唇を割ってガーシェルムの舌が入り込んできた。

もっと奥深くまで触れたい。その気持ちのまま、來実からも舌を絡める。

口づけが甘く感じるのは、彼を愛しいと思う気持ちが止められないからだろう。

夢中で互いを求めていたが、すぐに唇だけでは物足りなくなってしまう。

ガーシェルムも同じ気持ちなのか、來実の頬に触れていた手を首元へと滑らせる。

彼の指が喉に触れ、來実の肌がぴくりと跳ねる。

制服のボタンに手をかけようとして、彼の手が止まった。

「もっと、触れても構わないか？」

「……はい」

「嫌だったら言ってくれ。また泣かれてしまってはかなわん」

先ほど、途中で來実が泣いてしまったのを、彼は気にしているのだろう。

手を止めたガーシェルムを見て、來実は申し訳ない気持ちになった。

「ガーシェルムが嫌で泣いたわけじゃないんです。練習を口実にガーシェルムに抱かれようとしてる自分が、卑怯で嫌になって……」

「それを言うなら、私のほうが卑怯だろう。自分の気持ちを隠したまま、君に練習台になれと言ったのだから」

どんな形でも來実に触れたかったのだと言うガーシェルムに、來実は彼が同じ気持ちでいてくれたことを改めて嬉しく思う。

「私も、練習だとしても、ガーシェルムに触れられたかった」

來実の言葉にガーシェルムは顔を赤くする。

「……嬉しいことを言ってくれる」

來実の言葉を聞いて、ガーシェルムはすぐさま彼女をベッドの上に押し倒した。

首元に口づけながら、來実の衣服を寛(くつろ)げていく。

「今度は、泣いても途中で止めたりしない。逃げるなら今のうちだぞ」

ぎらりと欲のこもった目で見つめられ、來実の胸が高鳴った。

そんなことを言っても、きっとガーシェルムは來実が嫌がれば途中で止めるのだろう。

けれども、來実は嫌がるつもりもないし、止める気もない。

逃げないという意図をこめて、來実はガーシェルムを引き寄せると唇を吸った。

それが合図となり、ガーシェルムは大胆に來実に触れ始める。

ガーシェルムのごつごつした指が來実の身体を這う。そのたびに、彼に触れられる喜びで胸がいっぱいになった。

「つ……ぅん」

開いた服の隙間から鎖骨を撫でられ、小さく吐息が漏れた。

ガーシェルムは時間が惜しいとばかりに來実の衣服を取り去る。下着だけの姿にされて、來実は心もとなさに内ももを擦った。

「來実の身体は、どこもかしこも愛らしい」

來実の華奢で肉付きの良くない身体を、ガーシェルムは指先で丁寧に愛でる。

むき出しになった乳房を指でなぞられ、來実の身体がぴくりと跳ねた。

とても優しい手つきに、まるで自分が宝物にでもなったかのような気分にさせられる。

そんな彼の愛撫に応えるよう、來実の胸先もぴんと立ち上がって反応を返していた。

ガーシェルムがそこに触れると、途端にじんとした甘い痺れが全身に広がる。その感覚が心地よくて、もっと彼に乱されたくなるのだ。

「んっ、あっ、ガーシェルム」

前回は気持ちを隠したまま乱された罪悪感で、涙をこぼしてしまった。

だが、互いに気持ちを打ち明け合った今、その欲望を阻むものは何もない。

來実が望むまま、ガーシェルムは彼女の身体に快楽を教え込んだ。尖った頂を指先で何度もいじり、ときに柔らかな唇で吸いつく。

「ふっ、あっ、ああんっ」

「その声、いいな。もっと聞かせてほしい」

ガーシェルムに与えられるすべてが愛しく、心地よくて、來実の口からは何度も甘い声が漏れた。

「でも、恥ずかし……あっ、ひぃん」

羞恥から声を抑えようとすれば、させないとばかりに蕾をきゅっと摘まれる。

たまらず手で顔を隠せば、優しく手首を掴まれ払いのけられた。

「隠すな。感じてる君の顔が見たい」

來実を見下ろすガーシェルムは少し意地悪な顔をしている。

「きっと変な顔してる」

「変なものか。……とても、可愛い」

「んんっ、あっ、ガーシェルムっ、ああっ」

余裕もなく息を乱す姿などはしたないと思ったのに、可愛いとささやかれて、どうすればいいか分からなくなる。

容赦なく胸をいじる手に翻弄されて、恥ずかしいと思う余裕さえなくなっていく。

ガーシェルムは來実の頂を口に含みながら、その手を下腹部へと滑らせた。

残っていた下着を取り去ると、隠されていた淡い茂みを指先で軽く撫で回す。

骨ばった指がその奥にある小さな尖りに触れた瞬間、來実の身体が大きくのけ反った。

「あっ、そこは…！」

一段と強い快楽に、來実は思わずガーシェルムの手を掴む。

「嫌だったか？」

「嫌じゃないっ、けど……刺激が強くて、んっ、おかしくなりそう」

來実が不安を訴えると、ガーシェルムはごくりと唾を呑み込み、嗜虐的に笑う。

「なら、止める必要はないな」

ガーシェルムは容赦なく來実の手を引きはがし、下腹部の尖りを指で押し潰した。

ジンと痺れる快楽が走り抜けて、來実は思わず首を左右に振る。

「あっ、ひあぁ、んんっ！」

初めての刺激をどうやり過ごせばいいか、來実は分からなかった。

ぎゅっとシーツを握りしめ、強すぎる刺激から逃れようと腰を引こうとするが、のしかかるように覆いかぶさったガーシェルムに捕らえられてしまい、動けない。

「ひゃっ、だめだから、それっ、あああっ」

断続的にやってくる快楽の波が、來実の身体を呑み込んでいく。

行き場のない熱がお腹の中心に集まっていき、今にも弾けそうなほど膨れ上がる。

ガーシェルムの指がぐりっと大きく尖りを潰すと、いよいよその熱が弾けた。

「あっ、やぁ、へんっ、なにかきちゃう、あああああっ！」

來実はびくびくと身体を痙攣させて、ぎゅっとつま先を丸めて全身に力をこめる。

目尻に涙を浮かべてその強い感覚をやり過ごした來実は、ぐったりと身体の力を抜いた。

來実の様子から達したのだと気づいたガーシェルムは、指を彼女の割れ目に這わせた。蜜口からはどろりと愛液があふれ出し、シーツにまで零れ落ちている。

「ゴーストでも達するんだな。ここ、すごいことになっている」

水音を來実に聞かせるように、ガーシェルムはくちゅくちゅとそこを指でかき回す。

自らの反応が恥ずかしくて、來実は羞恥に頬を染めた。

「し、仕方ないじゃないですか。ガーシェルムに触れられてるんですから」

ゴーストの來実には、正しい生理反応がない。來実の感情が身体に反映されて、本物と同じような感覚を作り出している状態だ。

だから、彼にされることは気持ちが良いに決まっているという來実の心が、そのまま快楽に直結している。

「君は本当に、無自覚で煽ってくるな。……なら、こっちも気持ちが良いか？」

ガーシェルムは愛液が絡んだ指を滑らすように、來実の蜜口に指を差し込んだ。

初めてであるはずの來実の身体は、あっさりと彼の指を受け入れて、欲しがるようにキュッとそれを締めつける。

「あんんっ、はっ……ああ……」

ガーシェルムがそのまま指を前後させると、あまりの快感に來実の表情が緩んでいく。

慣れない身体は内側での刺激を感じにくいという。けれども、ゴーストである來実には、そんなことは関係がなかった。

ガーシェルムに与えられる刺激は、すべてが素直に快楽に変換されてしまう。

ぐちゅぐちゅと濡れた音が耳を苛む。

太い指が隘路を広げるたび、甘い刺激が広がった。

「やぁ……あんっ、これ、やぁっ……っ」

ガーシェルムの指が蠢（うごめ）くたびに、怖いほどの快楽が身体を駆け巡る。

慣れない感覚に震える來実に、ガーシェルムは愛しげに口づけを落とした。

「何度でも達すればいい。私の手で乱れる君を、もっと見たい」

「あっ、やぁ、ガーシェルムっ、ぅんん」

気づけば内側には三本もの指が入り込んでいた。

強すぎる快楽から逃れようと腰を引けば、逃がさないとばかりに内ももを押さえられる。

何かに縋（すが）りたくて、來実は目の前にあるガーシェルムの身体を抱きしめた。

それと同時に、ガーシェルムの親指がぐりっと花芽を押し潰す。

「ひぃんっ……んああっ、またイっちゃうっ、あああっ」

限界まで高まっていた快楽が、肉芽を潰された刺激で弾けた。

頭の奥が真っ白になり、來実はガーシェルムを抱きしめる腕に力をこめる。

強い波はすぐに去ったが、余韻は消えず、身体の奥は熱いままだ。

快楽に溶けきった來実の顔を見て、ガーシェルムは指を引き抜いた。

「あ……」

心地よい刺激が消え去って、空っぽになったお腹が疼（うず）く。

來実が切なげな顔をすると、ガーシェルムは自（みずか）らの衣服を乱暴に剝（は）ぎ取って全裸になった。

カーテンから漏れる光に照らされた彼の肢体に、來実は見惚れた。

鍛えられ、しっかりと筋肉のついた胸板。それなのに肌はきめ細かで美しい。

まるで芸術品のようだと思ったが、下腹部で存在を主張する肉棒を見つけて思わず目を逸らす。

（お、大きい。あれが、ガーシェルムの……）

來実がどきどきしていると、彼は硬く反り返った男根をぬかるんだ割れ目に押し当てる。

あんなものが、果たして入るのだろうか。

確認を取りながら、急かすようにガーシェルムは先端で來実の入り口をぐりぐりと刺激する。

「來実、挿れてもいいか？」

熱に浮かされたガーシェルムの瞳は、すぐにも入りたいと訴えているようだ。

初めての行為に不安はあったが、それよりもガーシェルムとひとつになりたい欲望が勝った。

來実は頷き、彼の背中に腕を回した。

するとガーシェルムは來実の腰を掴み、ゆっくりと隘路に入り込む。

「あっ、あああああ……」

身体を割り開かれる感覚に、來実は断続的に声を漏らす。

初めては痛いと聞いていたが、ゴーストである來実には当てはまらなかったらしい。

ガーシェルムの屹立は、確かな質量を持って來実の中に埋まっている。

慣れぬ異物感はあるが、破瓜の痛みは感じなかった。

それどころか、ガーシェルムとひとつになれた喜びがそのまま快楽に変換されたかのように、圧迫感がひたすら心地いい。

「痛むか？」

來実の身体を労(いた)わる言葉に、彼女は首を左右に振る。

「ガーシェルムとひとつになれて、嬉しい」

「私もだ」

彼は己(おのれ)を奥まで埋(うず)めて、優しく來実を抱きしめた。

ぴったりと触れた肌が温かく、満たされた気持ちになる。

來実に痛みがないと分かると、ガーシェルムは衝動のままに腰を動かし始めた。

身体が揺らされるたび、甘い快楽が來実の身体を苛(さいな)む。

「あっ、んん……はんっ」

隙間なく肌が密着し、ガーシェルムの熱に包まれて、來実はこのまま溶けてしまいそうな気分になった。

「……幸せすぎて、このまま消えても良いかもしれません」

やがて来るだろう別離を思うと、今この瞬間に消えてしまったほうが幸せかもしれない。

彼の身体に包まれて、混じり合いながら溶けてしまえれば。

思わずそんな願望を漏らすと、咎(とが)める声が飛んでくる。

「ふざけたことを言うな」

來実の言葉にガーシェルムはぎょっとした顔をして、抱きしめる腕に力をこめた。

その腕の強さが、どこにも行くなと求められているようで、なおさら來実は嬉しくなる。

「俺をここまで翻弄(ほんろう)して、いなくなるなんて許さない」

「……でも」

來実だって、このままずっとガーシェルムと共にいたい。

けれども、ゴーストである來実に未来など望めるはずもないのだ。

「馬鹿なことを考える余裕などなくしてやる」

ガーシェルムはそう宣言すると、來実の奥まで己をねじ込み、律動を速くした。

「んっ、あああんっ！」

ずるりと入り口まで引き抜かれ、直後に剛直で奥を貫かれる。その刺激にたまらなくなって、來実の思考から余裕が消えていく。

「來実。君はずっとここにいるんだ。いつまでも、俺の腕の中に……」

存在を刻み付けるように、何度も内側を擦られる。

ガーシェルムの気持ちが嬉しくて、同時に切なくなる。

彼の言う通り、ずっとこのまま腕の中にいられれば、どれだけ幸せか。

「んんっ、あんっ、ガーシェルム」

名前を呼びながら、來実は与えられる快楽に溺れた。

離れたくない。その気持ちのまま、來実はきゅうきゅうと彼を締めつけた。

余裕をなくしているのは、來実だけではなかった。

ガーシェルムの肌も軽く汗ばみ、吐き出す息が荒くなっている。

今だけは自分がゴーストだということも忘れて、ただガーシェルムに満たされていたい。

「はっ、來実っ……」

ガーシェルムは切なげに來実の名前を呼ぶと、腰を揺らしながら彼女の唇を塞（ふさ）ぐ。そして、口腔（こうこう）を舌で蹂躙（じゅうりん）しながら、夢中で彼女の身体を貪（むさぼ）った。

「んっ、はぁ、んんっ」

口づけの合間に熱を帯びた吐息が絡まり、律動はどんどんと速くなる。

もはや、交わす言葉はなかった。

静かな空間に、ベッドの軋（きし）む音と互いの肉がぶつかる音だけが響く。

愛しい気持ちをぶつけるように、舌を絡ませながら互いの身体を求め合う。

切なくも幸せな時間は、やがて果てへと向かっていった。

ガーシェルムの眉間にきゅっと皺（しわ）が寄り、漏らす吐息に一片の余裕もなくなる。來実の奥を抉（えぐ）る動きも激しくなり、その刺激に來実も夢中で声をあげた。

「あっ、ひぃっ……ああああっ、も、だめっ」

快楽の熱がお腹の奥に溜まって、今にも弾けてしまいそうだ。

早くその先に達したい。

來実のその欲望と連動するように、彼女の内襞はガーシェルムの剛直に絡みつき、彼を締め上げる。

「くっ、はぁ、來実……もう……っ」

ガーシェルムが切なげな声をあげながら、ひときわ激しく最奥を貫（つらぬ）く。

その刺激で來実の快楽は弾け、同時にガーシェルムも彼女の中で己の精を吐き出した。

この幸せが、どうか一秒でも長く続きますように。

ガーシェルムの身体を抱きしめながら、來実は心からそう願った。


「ガーシェルム、早く行きましょう、早く！」

「そんなに慌てると、今に転ぶぞ」

今日は、來実が念願だったデートの日だ。

恋人となった來実とガーシェルムは、ふたりで街に下りていた。

今にもスキップをし始めそうなほど浮かれて歩く來実を、ガーシェルムは慌てて追いかける。

今回は、前のようにゴーストの來実がガーシェルムの後ろをついて回るだけではない。

実体化した來実は傍から見ても普通の女性に見えるし、実際に彼とは両想いなのだから、名実共に完璧なデートである。

実体化した状態で街を歩けるだけで幸せなのに、好きな相手と一緒なのだ。

存分にデートが楽しめるように、今日は魔法薬も持ち歩いている。実体化の効果が切れても大丈夫だ。

ガーシェルムは目に見えて浮かれまくった來実に追いつくと、仕方がないとばかりに苦笑する。

「そこまで浮かれるものか？」

「浮かれますよ。だって、ずっと憧れていたんです」

「分かった。だが、少し落ち着け。迷子にでもなられたらかなわん」

ガーシェルムはそう言い、手綱を握るつもりなのか、しっかりと彼女の手を掴んだ。

ガーシェルムに手を繋がれて、來実は顔を赤くする。

「なんだ。今さら、手くらいで動揺するな」

ガーシェルムと來実はすでに肌を重ねた仲である。

もっと深い部分まで触れ合っているのに、手を繋いだだけで赤くなる來実に、ガーシェルムは首を傾げる。

「そうですけど……でも、これだと本当に恋人に見えますよ」

來実はガーシェルムに想いを伝えたが、だからと言ってゴーストの自分が彼に相応しいとは思っていなかった。

ガーシェルムは侯爵家の嫡男だ。いつかその身分に相応しい相手を見つけるだろう。

だから、自分は今このときだけ、彼の隣にいられれば十分だ。

そんな風に考えていたのに、当然のように公衆の面前で手を繋がれて驚いてしまう。

「恋人なのだから、問題ないだろう」

さっさと行くぞと、ガーシェルムは足を止めてしまった來実の腕を引く。

來実はどこか申し訳ないような、けれどもそれ以上に嬉しい気持ちで、ぎゅっと彼の手を握り返した。

來実とガーシェルムは目的もなく、足の向くままに街を歩く。

そういえば魔法薬の材料が少なくなっていたと言って、ガーシェルムが素材を買い足したあとは、來実が気になった雑貨屋に向かった。

小さなお店にはアンティーク調の愛らしい小物が並んでいて、眺めているだけで來実の心をわくわくさせた。

天使の細工が施(ほどこ)されたガラスペンの美しさに見惚れていると、後ろからガーシェルムに声を掛けられる。

「気になるのか」

「このガラスペン、すごく素敵ですよね」

「私はもっと装飾が少ないほうが使いやすいように思えるが」

確かに來実の見ていた品は、細工が愛らしすぎて女性向けかもしれない。

「ガーシェルムには、こっちのペンのほうが良さそうですね」

來実が手に取ったのは、近くに置かれていたシンプルなデザインのガラスペンだ。持ち手部分に少し凹凸がある以外の装飾はない。

けれども、透明なガラスがペン先に向かうにつれて、銀色まじりの淡い青に変化しているのが美しかった。

「この色、なんだかガーシェルムっぽくないですか？」

「そうか？」

ガーシェルムは來実に渡されたペンをまじまじと見つめると、気に入ったのか店主を呼んで購入の意図を伝えた。

「これと、あと、こっちのペンも頼む」

「こちらの二点ですね。お買い上げありがとうございます」

ガーシェルムは手に持っていたシンプルなペンだけでなく、來実が初めに見ていた天使の細工がついたガラスペンも一緒に購入した。

店主が愛想よく笑って品物を包んでいる横で、來実は思わずガーシェルムの服の裾を引っ張った。

「最初のヤツは、気に入らないんじゃなかったんですか？」

「私が使うには難しいと思っただけだ。だが、君は気に入ったんだろう？」

「そりゃあ、私は可愛いと思いましたけど。でも、使えませんよ」

ガーシェルムは、ガラスペンを來実にプレゼントしてくれるつもりらしい。

気持ちは嬉しいが、ゴーストである來実がガラスペンを持っていたところで、使い道がない。

薬がなければ、來実にはペンを持つことすらできないのだ。

「使わずとも、観賞用でいいだろう。今日の記念だ」

「ガーシェルムの部屋に置いておいてくれるんですか？」

「それ以外に置き場があるのか？」

ガーシェルムの言葉に、來実は左右に首を振る。

しばらくして店主が包んで持ってきたガラスペンの片方を、ガーシェルムは來実へと渡した。

「こっちは、君のものだ」

「ありがとうございます」

ガーシェルムにもらったガラスペンを、來実は袋ごと大事に握った。

この世界で、來実はなにも持たない異邦人だ。

居場所も家族もなく、肉体すらもない。

そんな中で、ガーシェルムにもらったこのペンだけは、唯一自分のものだと言える。

もし來実が消えたとしても、きっとこのペンはガーシェルムのもとに残るだろう。

「すごく、嬉しいです」

ペンをぎゅっと抱きしめると、ガーシェルムが困ったように苦笑した。

「そこまで喜ぶものか？　大した品ではないぞ」

「ガーシェルムにもらえたことが嬉しいんですよ」

「このくらい、いつだって買ってやる」

なんでもないことのように言って店を出るガーシェルムの背中を、來実は慌てて追いかけた。


そのあとも、ガーシェルムと來実は気の向くままに街を見て回る。

ただガーシェルムとふたりで歩く時間が、このうえなく幸せだった。

けれども楽しい時間はあっという間にすぎていき、傾いた太陽が街を朱色に染める。

完全に日が暮れてしまう前に、ふたりはガーシェルムの部屋へと戻った。

「今日はすごく楽しかったです。ガーシェルム、連れ出してくれてありがとうございました」

好きな人と一緒に自由に街を見て回れるなんて、本当に夢のような時間だった。

生前にできなかった夢が、ゴーストになってから叶うなんて思ってもみなかった。

すべてはガーシェルムのおかげだ。彼にはいくら感謝してもし足りない。

「私、こうしてガーシェルムのもとに来られて良かったです。ガーシェルムに会えて、本当に良かった」

「大げさだな」

「大げさじゃありません。本当に、すごく感謝してるんです」

ゴーストとして、ただ憧(あこが)れた学園生活を間近で見られるだけでも贅沢(ぜいたく)だと思った。

それなのに、ガーシェルムは來実にたくさんの経験を与えてくれた。

こうして街を見て歩く楽しみも、恋をする喜びも。

ガーシェルムのおかげで、來実は幸せだ。

「だったら、その感謝は別の形で返してくれ」

ガーシェルムはにやりと笑うと、來実の顎(あご)を持ち上げて、彼女に口づけた。

触れるだけの軽いキスではない。

その先の行為を感じさせる長くて深い口づけに、來実は顔を赤くする。

散々舌をいじられてから、ようやく唇が離れると、來実は恍惚(こうこつ)とした顔で息を吐く。

「これじゃあ、お礼になりませんよ。私が嬉しいだけじゃないですか」

「君も嬉しくて、私も嬉しい。それなら、遠慮する必要はないな」

ガーシェルムはそう言うと、再び來実に口づけた。

戯れるような軽い口づけは、すぐに離れていく。

「こうして、一緒に生活できるのは良いな。いつでも君に触れられる」

「普通なら、学生寮で同棲なんてありえませんよね」

「それだけは、君がゴーストで感謝できる点だな」

ガーシェルムはそう言うと、來実の衣服に手をかけた。

四六時中、彼と共にいるのだ。

両想いになってからは、こうして何度も彼と肌を重ねたが、そのたびにガーシェルムへの想いが募っていく。

「ガーシェルム、するならベッドに……」

來実は衝立の奥にあるベッドを見ながら告げる。

けれどもガーシェルムは來実の言葉を無視し、その場で衣服を脱がせ続ける。

「今日はこっちでしよう」

そう言って、ガーシェルムは近くにあったソファーに座る。

「ほら、来るんだ」

膝を叩いて、ガーシェルムの上に座るよう來実に促す。

來実は少し戸惑ったが、ガーシェルムの指示通り彼の膝の上に座った。

ガーシェルムは背後から來実を抱きかかえると、残りの衣服を脱がせて來実を下着だけにしてしまう。

「あの、重くないですか?」

「君は小柄だからな、軽すぎるくらいだ」

「んっ」

ガーシェルムは背後から來実の肩へ唇を這わせる。

湿った舌が肌をなぞる感触に身体を震わせると、ガーシェルムの手が來実の胸に触れた。

さらに彼の手は下着の中へと侵入し、薄く膨らんだ來実の乳房の形を変えていく。

その指先が小さく尖った先端に触れると、來実の口から甘い吐息が漏れた。

「んっ……あぁ……はぁ……」

「君のその声が好きだ。もっと、啼(な)かせたくなる」

ガーシェルムは來実の耳元でささやき嗜虐的(しぎゃくてき)に微笑むと、きゅっと指で先端を摘まんだ。

そのまま優しく転がされ、來実のお腹の奥がじんと甘く疼(うず)いていく。

「あん、そこは……あぁあっ」

敏感な場所を集中的に刺激されると、声が止められなくなる。

とても気持ちが良いのに、もっと深い刺激が欲しいと來実の奥が訴える。秘所からは蜜があふれ出し、彼を待つように下着を濡らしていった。

しかも來実のお尻には、硬くなったガーシェルムの感触が当たっている。

それをお腹に挿れられたときのことを思い出し、求めるように來実の腰が少し動いた。

胸だけではなく、別の場所にも触れてほしい。

もどかしげに腰を揺らす來実を見て、ガーシェルムは薄く笑う。

來実の反応に気づいているだろうに、ガーシェルムはそこには触れず、執拗に彼女の胸ばかりを刺激し続けた。

ぎゅっと乳首を摘まれて、快楽ともどかしさの間で來実はさらに腰を揺らす。

「あん、ぅんっ、ガーシェルム……ぁっ」

なかなかその先に進んでくれないガーシェルムに焦れて、とうとう彼の名を呼んだ。

「してほしいことがあるなら、ちゃんと言わないと。なぁ、來実」

「あぁ……」

耳元で意地悪にささやかれて、身体が熱くなる。

ガーシェルムは強請られるまで先に進まないつもりなのか、再び來実の胸元で手を動かし続けた。

「んっ、ガーシェルムの意地悪」

「君が可愛いのが悪い。ほら、どうしてほしいんだ？」

ガーシェルムの指が、焦らすように來実の乳輪をなぞる。その甘い刺激に、來実はもう耐えられなくなってしまった。

「んんっ……ガーシェルム、胸だけじゃなくて、こっちも……触って」

根負けした來実が強請ると、ガーシェルムは待っていたとばかりに彼女の下着をずらした。

途端、あふれ出した愛液が彼の太ももへと垂れる。

すっかりと溶けきった來実の秘所に指を這わせ、ガーシェルムは音をたててかき回す。

ごつごつとした指を隘路に差し入れると、すぐさま媚肉が彼を締めつけた。

「あんっ、あぁ……」

「ここも、もう溶けきっている」

ガーシェルムは來実の痴態を知らしめるように、さらに音をたてて指を動かした。

静かな部屋に淫靡な水音が響く。

ガーシェルムが指を引き抜こうとすると、行かないでとばかりに内壁が絡みついた。

「來実、触れるのは指でだけでいいのか？」

來実の内側をかき回しながら、ガーシェルムが尋ねる。

指だけで満足できるはずがない。

その先を欲しがって、來実は切なく彼の指を締め上げる。

「やだ……んんっ、ガーシェルムが欲しい」

望んだ言葉を引き出せたことに満足したのか、ガーシェルムが來実から指を引き抜く。

彼は來実の腰を浮かせると、自らの衣服を寛げて、硬くなった男根を取り出した。

しかし、すぐに來実の中へと押し込むようなことはせず、ソファーに座ったまま來実を見つめる。

「來実、このまま私の上に座って」

「え？」

「自分で挿(い)れるんだ。できるか？」

問いかけられて、來実は戸惑う。

自(みずか)らガーシェルムの上に跨(また)るなんて、恥ずかしすぎる。

けれども、もうすっかり溶けた來実の内側は、彼を求めて疼(うず)いてしまっている。

「や、やってみます……」

ごくりと唾を呑み込み、來実は膝を立ててソファーへと乗った。

座った状態のガーシェルムの上に跨(また)ると、ゆっくりと腰を落としていく。

けれども、ガーシェルムの屹立(きつりつ)はぬるりと彼女の秘所を擦(こす)るばかりで、上手く挿入することができない。

「んっ、ああっ」

「それだと上手く挿入(はい)らない。手で固定しないと」

「手で……」

ガーシェルムに指摘されて、來実は硬くなった彼にそっと触れた。掌(てのひら)の内側で存在を主張するそれは、熱く静かに脈打っている。

指先で形をなぞると、ぴくりとガーシェルムが反応した。

ガーシェルムに言われた通り、來実は手でしっかりと彼を固定する。

その状態でゆっくり腰を落とすと、ずぷりと内側に彼の先端を迎え入れることができた。

「あっ……んんん……っ」

身体を沈めると、どんどん彼を呑み込んでいく。

快楽に震えながら、自らガーシェルムをくわえこむ來実を見て、ガーシェルムは喉を鳴らした。

「んっ……あンっ……ガーシェルム」

さらに腰を落として、奥深くまで彼を受け入れる。

根元まで深く繋がると、快楽を得た充足感が來実の胸を満たした。

（まるで、ガーシェルムを食べてるみたい）

一度そう思うと、もっと彼が欲しくなった。

己の飢餓感に従って、來実はそのままゆっくりと腰を揺らし始める。

「ぁん……あっ、はぁ……あああっ」

はしたないと分かっていても、腰を動かしてしまえばもう止められなかった。

結合部から涎を垂らし、來実は夢中でガーシェルムを食べる。

ゆっくりとした、拙い動き。不器用ながらも、自ら腰を揺らしてガーシェルムを求める來実の淫靡な姿に、ガーシェルムはすぐさま彼女を揺さぶりたい衝動に駆られたようだった。

「來実……っ」

ガーシェルムは彼女の腰を掴むと、思うままに下から突き上げた。

突然主導権を奪われて、來実は目を瞬いた。

大きくソファーが軋んで、上下に身体を揺さぶられる。

「ああン、そんな急に、ああっ……ンッ」

正面からガーシェルムが來実をかき抱くと、触れ合った胸板に胸の先が擦られる。その刺激がさらなる快楽を呼び起こし、あっという間に來実を高みへと連れていった。

目の前がちかちかとして、頭の奥が白く染まっていく。

「だめ、ガーシェルムっ、そんな速くされたら、もうっ、んんんっ！」

強すぎる快楽から逃れようと來実は身体をくねらせるが、ガーシェルムに腰を掴まれ、もっと奥深くへと押し込まれてしまう。

その刺激でたまらない熱がせり上がり、一気に全身が呑み込まれてしまった。

声を殺しながら身体を震わせて、あっけなく來実は達してしまう。

快楽の波に呑み込まれた身体をぐったりとガーシェルムに預けると、彼は優しく來実の背中を撫でた。

「先に達してしまったようだな」

「ガーシェルムが、いきなり動くから……」

ひとりで達してしまったことが恥ずかしくて、來実は唇を尖らせる。

その様子が可愛いと言わんばかりに、ガーシェルムは小さく笑った。

「すまない。懸命に動く君を見ていたら、我慢できなくなった」

ガーシェルムはそう言うと、來実の腰を持ち上げてソファーの上に押し倒した。

そのまま彼女に覆いかぶさると、まだ絶頂の余韻で震える來実を見下ろす。

「今度は、私が頑張ろう」

ガーシェルムは艶(つや)めいた笑みを見せると、大きく腰を動かして、繋(つな)がったままの來実を突いた。

快楽が引ききっていない身体を掻き回され、來実の腰がびくんと跳ねる。

「あっ……ひっ、んん、あんっ」

すっかりと柔らかくなった膣壁をガーシェルムが穿(うが)つたび、來実の口から甘い嬌声(きょうせい)が漏れる。

もっと乱れる姿を見ていたいとばかりに、ガーシェルムは激しく來実を攻めたてた。

「來実、愛している」

愛の言葉と共に、唇が塞(ふさ)がれる。

ガーシェルムの逞(たくま)しい身体に包まれて、來実はどこまでも幸せだった。

ガーシェルムのことが好きだ。

たくさんの愛をこめて、ぎゅっと彼の背中に腕を回す。

それに応(こた)えるかのように來実の唇を吸いながら、ガーシェルムは昂(たかぶ)りを來実へとぶつけていく。

心も身体も通いあい、互いを必要としているのが分かる。

このままいつまでも、ふたりでいられたら——

じりじりと浮かび上がる儚(はかな)い願いを、快楽がかき混ぜていく。

やがてガーシェルムの呼吸が速まり、ぽたりと汗が來実の肌に落ちた。パンパンと肉がぶつかる音が強くなり、内壁が激しく彼を締めつける。

先ほど達したばかりだというのに、もう限界が近い。

「ガーシェルムっ」

切なく名前を呼びながら、來実は縋りつくように彼の背に腕を回した。

ガーシェルムの眉間にきゅっと皺が寄る。

そして、いっとう奥を抉った瞬間、ガーシェルムは來実の中に己の精を吐き出した。

ほぼふたり同時に達しながら、縺れ合うようにソファーへと崩れ落ちる。その拍子に、ガーシェルムの柔らかな銀髪が來実の肌を擽った。

「このまま、ずっと繋がっていたい」

甘い気だるさに包まれながら、來実がガーシェルムの頭を抱きしめて言う。

すると、背中に回った彼の腕が、優しく來実を抱きしめ返した。

「私も同じ気持ちだ」

ガーシェルムが同じ気持ちでいてくれることが、とても嬉しい。その腕は温かくて、幸せな夢の中でまどろんでいるようだ。

けれども、夢にはいつか終わりが来る。

こうして來実がガーシェルムに触れられるのは、薬が効いている間だけ。

(いつまで、こうしていられるんだろう)

ふたりでいる時間が幸せすぎて、いつか来る終わりが怖くなる。

時間が止まればいいのにと思いながら、來実は彼の腕の中でそっと目を閉じた。

★★★

心地よい疲労感と共に眠りについたガーシェルムは、早く寝たせいか、ふと真夜中に目を覚ました。

暗い部屋の中は、窓から差し込む月明かりによって輪郭だけが薄ぼんやりと浮かび上がる。

共にベッドに横になって眠ったはずの來実の姿は、隣にない。

焦ったガーシェルムが起き上がって部屋の中を見回すと、ソファーに座りながらぼんやりと星空を眺める來実を見つけた。

ほっと胸を撫でおろすガーシェルムに気づき、來実がこちらを見る。

「あれ、ガーシェルム。起きたんですか」

「ああ。なにをしていた？」

「することもないので、星を眺めてました」

実体化の魔法薬を使わなければ、來実の身体は透き通っている。

夜の闇の中ではさらにおぼろげで、ガーシェルムは今すぐに魔法薬を使ってしまいたい衝動に駆られた。

「薬を作ろう。眠れはしないだろうが、本を読んで時間を潰すことはできる」

「なにを言ってるんですか。ガーシェルムは寝ていてください」

ベッドを抜け出して魔法薬を作ろうとしたガーシェルムを、來実は慌てて止めた。

「だが、夜は長いだろう」

ゴーストである來実は、ガーシェルムと違って眠ることができない。

來実が来たばかりの頃は、ガーシェルムが眠っている間、來実がなにをしているかなんて気にもかけていなかった。

けれども、來実の人となりを知り、彼女をゴーストではなく個人として見るようになってから、彼女がどんな気持ちでここにいるのかが気になるようになった。

生前、彼女はずっと病に臥せっていて、満足に外に出ることもできなかったらしい。

ただ街を歩いただけで、本当に楽しそうに目を輝かせていたのが印象的だった。

屋台でなにかを買って食べる。

それだけの単純な行為を切望しているのを知って、叶えてやりたいと思った。

薬で実体化した肉体は、魔力で作り出したまやかしのものだ。

(実体化の薬を作ることはできたが、私の力ではこれが限界だ)

食事をすることはできないし、彼女につかの間の眠りを与えることだってできない。

「ガーシェルムは優しいですね。大丈夫ですよ。ガーシェルムの寝顔を見ていたら、あっという間ですから」

そうふざけて笑う來実だが、初日にガーシェルムが気になって眠れないと言ってからは、ベッド横に置かれた衝立の内側に入ってくることはなかった。

今だって、眠る直前までは側にいたのに、ガーシェルムが眠ってしまうとこうしてソファーに移動している。

「だったら、こっちに来い」

ガーシェルムが來実を呼ぶと、彼女はソファーから立ち上がり、戸惑ったようにベッドに近づいた。

「入れ」

ガーシェルムは寝具を持ち上げて、ぽんぽんとベッドを叩く。

「隣に行っても、すり抜けちゃいますよ」

「いいから、ここで横になっておけ」

ガーシェルムが強引に言うと、來実は嬉しそうに笑って、ガーシェルムの隣に潜り込む。

下ろした寝具は彼女をすり抜けてしまったが、それでも満足そうな顔だ。

「ゴーストが部屋にいたら、気になって安眠できないんじゃありませんか？」

初めの頃にガーシェルムが言った言葉を持ち出して、來実がにやにやと笑う。

「もう慣れた。今は、君がいないほうが落ち着かない」

ガーシェルムが正直な気持ちを伝えると、來実は面食らった顔をしたあと、照れたように低く唸った。

「ガーシェルム、そういう台詞はズルいです」

「なにがズルいんだ」

「ますます好きになっちゃうじゃないですか」

恨めしい目でガーシェルムを睨む来実を見て、ガーシェルムは満ち足りた気持ちになる。

恋愛など、無駄なものだと思っていた。

それなのに、いざ恋に落ちてみるとこんなにも幸せな気持ちになれるのだから、不思議なものだ。

(スタンバーグ家の嫡男としては、問題だらけだがな)

幼い頃は父を恨んだものだが、今なら父の気持ちが理解できる。

親にすすめられた婚約話を蹴って、母を選んだ父。

母の死後もずっと後妻を取らず、ひとりの女性を想い続けている父。

スタンバーグ家を背負う者として問題ある行動だと思っていたのに、まさか自分が同じ轍を踏むとは。

否、ガーシェルムのほうがなお酷い。

自由恋愛を貫いたガーシェルムの父であっても、選んだ相手は身分のしっかりした令嬢だった。

異世界から来たゴーストに惚れてしまったガーシェルムに比べたらまともである。

それが分かっていても彼女を手放す気にはなれないのだから、恋愛感情というのは本当に厄介なものだ。

「ガーシェルム。私、ちゃんと分かってますから」

「なにを分かっているんだ？」

「私はゴーストですから。ガーシェルムがちゃんと相応しい人を見つけたら、身を引きます」

來実の言葉にガーシェルムは眉根を寄せる。

ガーシェルムの立場も、自分のことも、彼女は正しく理解しているのだ。

それでも、來実に別れを匂わす発言をされると、胸が苦しくなる。

「馬鹿なことを言うな」

「でも、ずっと一緒にはいられません」

來実の言葉に、ガーシェルムは息を呑んだ。

來実はゴーストで、もう死んでいる人間だ。本来なら、この世にいてはいけない存在で――

「……聞きたくない」

「ガーシェルム」

「消えずに済む方法を探す。君がいなくなる日なんて、想像したくもない」

彼女が消えてなくなってしまう日が来ると思うと、胸が張り裂けるように痛む。

それほどまで、ガーシェルムの中で來実の存在が膨れ上がっていた。

「どこにも行くな」

ガーシェルムは來実を抱きしめるように腕を伸ばす。

けれども、伸ばした腕は彼女の身体をすり抜け、宙をかき抱くだけだった。

「ガーシェルム、好きです。愛してます。でも、私じゃガーシェルムを幸せにはできません」

來実に言われるまでもなく、ガーシェルムにだって分かっている。

もう死んでしまった人間を、生き返らせる方法なんてない。

「それでも、諦めたくないんだ」

諦めるのには慣れていると言った來実と違って、ガーシェルムは諦めが悪い人間だ。

水魔法の才がないくせに、諦めきれずに今もなお、水魔法の授業に出ている。

努力ではどうにもならないことがあると分かっていても、望みを捨てきれない。

「君は普通のゴーストとは違う。浄化魔法が効かないし、しっかりとした人格と理性を持っている。実体化の薬を使えば、普通の人間との違いが見つけられないほどだ。だったら、もっと薬を研究すればこの世界に固定させることだってできるかもしれないだろう」

実体化の薬は、まだ開発したばかりで改良の余地がある。素材を選べば効果の持続時間だって延ばせるだろう。食事や睡眠だって取れるようになるかもしれない。

縋るようにガーシェルムが言えば、來実は首を左右に振って彼の言葉を否定する。

「駄目ですよ。もしそうやって身体ができたとしても、私が相手じゃ無理です。ガーシェルムはスタンバーグ家の嫡男なんですから」

もし來実に身体ができたとしても、ガーシェルムと結婚することは難しいだろう。魔法で作った身体では子供など作れるはずがないし、身分だってない。

それに、ゴーストは本来なら、すぐさま消さなければいけない存在だ。

元ゴーストを侯爵家の嫁にするなど、認められるはずがない。

「私が家を捨てれば……」

「そんなことを言っては駄目です。今まで、ガーシェルムはずっと家のために努力してきたじゃないですか。水魔法を諦めきれないのだって、立派な侯爵になるためですよね？」

來実に諭（さと）されて、胸が苦しくなる。

來実の言う通り、ガーシェルムはそのためにずっと努力をしてきたのだ。誰かに爵位を譲ろうにも、ガーシェルム以外に相応（ふさわ）しい人間もいない。それに、守るべき領民だっている。

すべてを捨てて欲望のままに生きるには、彼は責任を負いすぎていた。

「君はそれでもいいのか？　私が家のために別の誰かを娶（めと）っても」

どうか、嫌だと言ってほしい。

そんな気持ちを込めてガーシェルムが問うと、來実の表情が歪んだ。

「嫌に決まってるじゃないですか。でも、好きだって気持ちだけじゃ、どうしようもないんです……」

來実は今にも泣き出しそうな顔をしながら、無理に笑顔を作ってみせた。

「今、こうしてガーシェルムが私を好きだと言ってくれている。それだけで、本当に幸せなんです。ゴーストの私には贅沢（ぜいたく）すぎるくらいです。それに、私はいつまでここにいられるのかも分かりませんから」

ゴーストである來実には、消えてしまう覚悟があるのだろう。

來実は儚（はかな）く笑ってそう言うが、ガーシェルムには、そんな覚悟はできていないのだ。

「……君は勝手だ。いきなり私のもとに押しかけてきて、私が君を好きになったら消えるつもりなのか？」

酷いヤツだと來実を責めても、彼女はごめんなさいと顔を歪めるだけだった。

謝罪が欲しいわけではない。

ただ、彼女と一緒にいたいだけなのに。

「君は諦めても、私は諦めないぞ。私に恋をしろと言ったのは君だろう。ならば最後まで責任を持て」

言葉を尽くしても諦めようとしないガーシェルムに、來実は困った顔をする。

「……ガーシェルムは本当にすごいですね。なにをやっても駄目だって、私はすぐに諦めてしまうのに。絶対に無理だっていう状況でも、諦めずにいられるなんて」

「私は昔から往生際が悪いんだ。おかげで酷い目にあったこともある」

ガーシェルムは幼い頃の出来事を思い出して、苦笑した。

水魔法を覚えたかったガーシェルムは、どうにかその才が発現しないかと、幼い頃から様々なことを試していた。

中でも特に酷かったのが、水に慣れるため、泳ぎの心得もないのに自ら湖に入ったことだ。

あのときは、祖父に酷く責められて自暴自棄になっていた。だから父に連れてこられた視察先で湖を見つけて、つい飛び込んだのだ。

「服を着たまま入水して、溺れて死にかけた。しかもそれが領地の湖ではなく、父と出かけた先でやったものだから、あとでしこたま叱られたな。君も知っている場所だ。覚えているか？　先日実習で出かけた、カメアの森だ」

「そういえば、来たことがあるって言っていましたね」

「ああ。たまたま通りかかった少女が見つけてくれて、私を救ってくれたのだが……」

言いながら、ガーシェルムは來実が自分の過去を知っていたことを思い出した。

「君は私が池で溺れたことを知っていたな。それも、君の世界の本とやらに書いてあったのか？」

「はい。そのときに救ってくれた少女が、アレラなんですよね？」

來実の言葉にガーシェルムは眉を顰（ひそ）める。

「いや、違うぞ。私とアレラは学園で会ったのが初対面だ。溺れたときに私を救ってくれたのは、その領地に遊びに来ていた令嬢だった。名前を聞いてはいなかったが、髪の色も違ったし、当時庶民だったアレラではないはずだ」

ガーシェルムが言うと、來実は驚いたように目を丸くした。

「でも、ゲームでは確かに……あれ、イベントで見たんじゃなかったっけ。それとも特典で？」

來実はガーシェルムに理解できない言葉をつぶやくと、不思議そうに首を傾げた。

「白い花が咲いている池でしたよね。自殺しそうな人がいるって、助けに入って――」

來実は考え込むように口にしながら、何度も首をひねる。

やがて彼女はふと動きを止め、ゆっくり瞼（まぶた）を閉じた。

「あれ……なんだか変です。急に眠たくなってきました……」

「來実？」

來実の様子がおかしいことに気づいて、ガーシェルムは慌ててベッドから飛び起きる。

けれども來実は瞼を閉じたまま、ぴくりとも動かない。

「おい、來実！　どうしたんだ！」

ゴーストは眠らない。

現に、今まで來実が睡眠を必要としたことなど一度もなかった。

それなのに、來実はしっかりと瞼を閉じ、眠ってしまったかのように横になっている。

「來実、しっかりしろ、來実！」

必死で來実の名を呼ぶが、彼女はまったく返事をしない。

それどころか、ガーシェルムの目の前で、みるみるうちにその輪郭を薄くしていった。

眠るゴースト

そこは、絨毯（じゅうたん）のように白い花が咲き乱れる湖畔（こはん）であった。

彼女はその場所が気に入っていた。幼馴染（おさななじみ）に教えてもらった秘密の場所だ。

魔物の出る森だからひとりで行ってはいけないと注意されていたけれど、彼女は言いつけを破って、時々この場所に遊びに来ていた。

この森には、そこまで危険な魔物が出ないと、彼女は知っていたのだ。

(私も魔法使いの端くれだし、少しは戦えるんだから、大丈夫)

この湖畔（こはん）は、彼女にとって思い出の場所だった。

来年から、彼女は魔法学園に入学する。

学園は全寮制だ。学園に行ってしまえば、なかなかこの場所に来ることはできなくなるだろう。

(でも、来年からは学園であの人に会えるんだ)

憧（あこが）れの人を思い描いて、彼女はもうすぐ始まる学園生活に胸を躍らせた。

きっと、彼は自分のことなど覚えていないだろう。それでも、再会できれば話す機会はあるかもしれない。

そろそろ戻ろうと、彼女は浮かれた気分で立ち上がった。

その瞬間、ざぁっと強い風が吹き、湖畔に咲く花が舞い散った。

宙を飛ぶ花を追いかけるように振り返ると、そこに、黒い怪物がいた。

見たことがない魔物だった。

全身が黒く、頭部だけが異常に大きい。

ねじ曲がった前足が四本ついていて、太い後ろ足の間には、長く鋭い尻尾が生えている。

この森には弱い魔物しか出ないと思っていた彼女は驚き、逃げようと慌てて走り出した。

けれども魔物の足は速く、一足飛びで少女の背後まで接近してくる。そして魔物はその大きな口を開けると、黒い靄のようなものを吐き出す。

その靄の塊が触れた瞬間、少女の意識は闇へと溶けた。


「……、……來実！」

必死に自分を呼びかける声に、來実はゆっくりと目を覚ました。

來実と目が合うと、ガーシェルムは明らかに安堵した顔をする。

「あれ、ガーシェルム？」

「來実！　良かった」

ガーシェルムがどうしてそんな顔をしているのか理解できず、來実は首を傾げた。

そのときになって、直前の記憶が消えていることに気づく。

「私、もしかして眠っていました？」

窓から差し込む光がもう明るい。ガーシェルムと話していたのは真夜中だったはずだ。

眠っていたのなら自然なことだが、ゴーストである來実は眠ることなどできないはず。

いったい、何が起こったのか。

「覚えていないのか？　突然動かなくなったと思ったら、そのまま消えそうなほどに薄くなっていったんだ」

「私、消えそうだったんですか？」

來実にはまったく自覚がないのだが、それならばガーシェルムの焦燥も理解できる。

心配をかけてしまったことに、來実は心苦しくなった。

「とにかく、無事で良かった。君をとどめようと実体化の薬も使ったのだが、まるで効果がなかったんだ。……本当に肝が冷えた。いったい何が起きた？」

來実はそのときになって、ガーシェルムのベッドが濡れていることに気づいた。

魔法薬を振りかけたものの、來実の身体をすり抜けてしまったのだろう。

「心配かけてごめんなさい。でも、何が起きたのかは私にも分からないんです。急に眠くなったと思ったら、意識が遠くなって……」

來実にしてみれば、本当にただ眠っていたような感覚だった。これが、消えてしまう前兆なのかと思うと、來実はぞっとする。

「なにか、おかしいところはないか？」

「なんだか、頭がぼうっとします」

起きたときから、眠気のようなものが頭にまとわりついている感じがしている。

気を抜けば、さっきと同じように眠ってしまいそうだ。

「酷く眠くて……それに、なんだか夢を見ていた気がするんです」

「夢？」

「変ですよね、私、ゴーストなのに」

夢というのは脳内に溜まった記憶から作られるものだ。來実には身体がないのだから、そんな生理現象が起きるはずもない。

だが、先ほどまで來実は確かに夢を見ていたのだ。

來実が首を傾げていると、ガーシェルムは真面目な顔で尋ねた。

「その夢の内容は、詳しく覚えているか？」

「湖にいる夢でした。小さな白い花が絨毯(じゅうたん)みたいに咲いていて……最後に魔物が出てきたんです」

「魔物？」

「はい。多分、前に実習で行った森でガーシェルムが戦った魔物だと思います。そういえば、夢に出てきた場所も、あの森の湖に似ていました」

夢に出てきた白い花は、あの魔物がいたカメアの森の湖に咲いていたものと似ていた。

來実にとっては、初めて見た魔物があれだった。さらに、魔法薬で作られた身体とはいえ、魔物に貫(つらぬ)かれるという衝撃的な体験もしたのだ。

その印象が強くこびりついていて、夢という形で出てきたのかもしれない。

「そういえば、講義は大丈夫なんですか？」

窓の外はもう明るい。そろそろ授業が始まる時間なのではないだろうか。

問いかけると、ガーシェルムは眉間に皺を寄せた。

「こんな状態の君を置いて、講義に行けるはずがないだろう」

「駄目ですよ、ちゃんと出席しないと。私はもう大丈夫ですから」

來実はガーシェルムについていこうと、ベッドから起き上がろうとした。

けれども、上手く身体を動かすことができず、そのままがくりとベッドに崩れ落ちてしまう。

「あれ？」

それでも無理に動こうとしたら、すっと來実の身体が薄く透けた。

「おい、大丈夫か？」

「……なんだか、動けないみたいです。おかしいですね」

ガーシェルムに向かって笑おうとして、來実は上手く笑顔を作ることができなかった。

いつもよりも薄くなった身体に、不安が湧き上がる。

もしかして、本当にこのまま消えてしまうのではないだろうか。

気を抜けばまた眠ってしまいそうで、來実はいよいよ怖くなった。

病気で死んだときと違って、痛みはない。

それなのに死を覚悟していたあのときよりも、ずっと恐怖は大きかった。

（……どうしよう。私、消えるのが怖い）

來実はゴーストだ。いつかは消えてしまうのだと覚悟していたつもりだった。
けれども、いざこうして消えるかもしれないとなると恐ろしくてたまらない。
消えることが怖いわけではない。
ただ、ガーシェルムと離れるのがつらいのだ。
もちろん、ゴーストである來実がずっと彼の側にいられないのは分かっていた。
死人である來実は、いつかは彼のもとを去らなければいけない。
そう、何度も自分に言い聞かせていた。
頭では分かっているのに、心がついていかない。
「ガーシェルム、私……」
自分が消えたあとは、ちゃんと幸せになれる相手を探してほしい。
そう言わなくちゃいけないと焦るものの、どうしても言葉が出てこない。
ここまで来て、來実はようやく自覚した。
ガーシェルムのことだけは、諦めたくないのだ。
「私、消えたくない。もっと、ガーシェルムと一緒にいたい……」
こんなことを言っても、彼を困らせるだけだ。
それでも、気づけば來実はそう口にしていた。
今にも泣き出しそうな顔で告げた來実の願いに、ガーシェルムは力強く頷く。
「任せろ。君がここに残る方法を、必ず見つけてみせる」

ガーシェルムはそう言うと、実体のない來実の手を己の掌で包み込む。

なんの感覚もないはずなのに、來実にはガーシェルムの手がとても温かく感じられたのだった。

★★★

來実はあのあと、再び眠るように目を閉じて、ベッドの上で動かなくなった。

今にも消えそうな來実が心配で、ガーシェルムはずっと彼女についていたかったが、意を決して部屋を出る。

彼女の側で嘆いているだけでは、なにも変わらない。

とにかく、來実を救う方法を探さなくては。

試しに今の來実に実体化の薬を使ってみたが、なんの効果も得ることはできなかった。おそらく、薬を使っても実体を保てないほど、彼女の魂が薄くなってしまっているのだ。

(どうすれば彼女を救えるんだ)

死んだ人間を生き返らせる方法など存在しない。

けれども、もしかしたら、來実なら可能性があるかもしれない。

長い時間を來実と過ごしていくうちに、ガーシェルムは彼女に対してある疑いを抱いていた。

(來実はもしかして、まだ生きているのではないだろうか)

通常、ゴーストはもっと自我が薄い。

よほど魔力が強い者ならともかく、そうでなければ、まともに会話することさえできないことがほとんどだ。

けれども來実は、生者と変わらない状態で会話ができ、さらには浄化魔法も通じなかった。

普通のゴーストではありえない。

しかし、ゴーストでなければ、來実はいったい何なのか。

ガーシェルムはずっと、來実の正体について考えていた。

彼女は死んだのではなく、身体はまだ生きているのに、なんらかの理由で魂だけが身体を離れてしまったのではないか。

そうであるならば、來実に浄化魔法が通じなかった理由も納得がいく。

あれは死者を浄化させる魔法だ。來実の身体がどこかで生きているのなら、浄化魔法が作用するはずもない。それに、彼女は自分は死んだのだろうと言っていたが、死の瞬間を覚えているわけではないようだった。

(だが、もし來実が生きていたのだとしても、これだけの長期間、魂が身体を離れているというのは危険だ)

肉体は魂と密接している。魂を失った身体はそう長くは生きられないだろうというのは、ガーシェルムにも容易に想像がついた。

來実が消えかけているのは、遠く離れた身体のほうに限界が来たからではないのか。

もし、魂を身体に戻すことができれば、來実は助かるかもしれない。

ガーシェルムはその可能性にかけて、來実を救う方法を探そうと決めていた。

(可能性がないよりはいいが……しかし、どうするべきか)

魂を身体に戻す手段として考えられるのが、魔力で身体に刺激を送り、魂を引き寄せる方法だ。

ガーシェルムは光魔法の使い手だ。光魔法は癒しと精神に特化した魔力である。

ガーシェルムであれば、來実の身体に働きかけて、魂の繋がりを見つけ出すこともできるかもしれない。

けれども、來実は本人いわく異世界の人間だ。

つまり、もし來実が生きていたのだとしても、その身体は異世界にあるということになる。

様々な知識を学んだガーシェルムではあったが、さすがの彼も世界を移動する方法は見当もつかなかった。

迷った末、ガーシェルムは学園内にある図書館へと向かった。

魔法に関する分野であれば、その蔵書数は王宮のそれを優に超えている。もしかしたら、異世界へ渡る手がかりだって見つかるかもしれない。

数多ある本の中から、あるかどうかもわからない手段を見つけるなど、砂漠で砂金を探すような話だが、それでも何もしないよりはいい。

授業を放り出して図書館に向かったガーシェルムは、ずらりと並んだ本の背表紙をしらみ潰しに確認していく。

だが、当然ながら異世界に関する書物は見つからない。

ゆえに、ガーシェルムは専門外だった転移魔法についての書物や、異世界が関係していそうなおとぎ話などにも手を伸ばす。

ついでに人間の魂に関する本も探したが、貸出中なのか関連した書棚からごっそりと本がなくなっていた。

仕方がないので、ガーシェルムは今持っている本を手に図書館の隅にある机へと向かった。

授業中だからか、図書館にはほとんど人がいない。

そんな中、ガーシェルムと同じように机に本を高く積み上げて、一心不乱に読みふけっている先客がいた。

見知った青年を見つけて、ガーシェルムは眉根を寄せる。

「ヒレールか。授業にも出ずに調べものか？」

「ガーシェルム様こそ」

図書館の隅を陣取っていたヒレールが、ガーシェルムを見つけて目を丸くした。

「そういえば最近、君を授業で見かけなかったが……まさか、ずっとここにいたのか？」

「すみません。授業よりも優先しなければいけないことができまして」

ガーシェルムはヒレールの前に積み上がった本に目をやった。

精神魔法についての本、そしてガーシェルムが探していた人の魂に関する本がそこに積まれている。

「君は実習中に現れた魔物について調べているのだと聞いていたが」

だが、ヒレールが読んでいたのは、どれも魔物とは直接関係がなさそうな本ばかりだった。

ヒレールは積まれた本の背表紙を撫で、疲労が滲む顔で口を開いた。

「あの魔物の正体については、実はもう見当がついたんです。だけど、今度は別の問題が浮上してきまして」

「別の問題？」

「以前、僕の婚約者の話をしたのを覚えていますか？」

ヒレールの問いかけに、ガーシェルムは頷いた。

「ああ。確か、突然倒れてしまったのだったな」

「はい。彼女が倒れた原因に、あの魔物が関係しているんじゃないかということが分かったんです」

ヒレールの婚約者リラズは、ソーフェル家の街から森を挟んだ反対側にある、バーミラという街を治めるカティブ家の長女だ。

ふたつの街の境界には、先日ガーシェルムたちが実習で向かったカメアの森がある。

あの森はリラズのお気に入りの場所らしく、彼女はよく森に足を運んでいたらしい。

「リラズが倒れた場所というのが、実はあの森だったみたいなんです。彼女は森の中の花畑を気に入っていて、よくそこに遊びに行っていましたから」

外傷がなかったので初めは病気を疑われたが、調べた結果、リラズは例の魔物に襲われたのだということが分かった。

ヒレールの言葉に、ガーシェルムは眉根を寄せる。

「カティブ家か……もしかして、リラズというのは水色の髪をした細身の女性ではないか？」

「え？　あ、はい。その通りですが、リラズをご存知だったんですか？」

「名前は知らなかった。が、昔その場所で、似たような少女に救ってもらったことがある」

昔、溺れたガーシェルムを救ってくれた少女。

彼女はガーシェルムを助けたあと、名前も告げずに去ってしまったのだが、その身なりからどこかの令嬢だろうとは推測していた。

可能性があるのは、カメアの森に隣接した領地であるソーフェル家かカティブ家。

ソーフェル家に女児はいないらしいので、あのときの令嬢はカティブ家の者なのではないかと、ガーシェルムはあたりをつけていたのだ。

「湖で人を助けたことがあるというのは、リラズから聞いたことがあります、でもまさか、それがガーシェルム様だったなんて」

ヒレールは驚いたように目を丸くしてから、呆れた顔でつぶやく。

「あいつ、なんて身の程知らずな……」

「身の程知らず？」

「あ、いえ。こっちの話です」

ヒレールは誤魔化すように軽く咳払いをしてから、表情を曇らせた。

「リラズが倒れた場所とあの魔物が見つかった場所が一致していたんです。魔物の生態が判明した結果、リラズは魔物に襲われたせいで眠り続けているのだという可能性が高くなりました」

ヒレールの言葉を聞いて、ガーシェルムは深く考え込む。

ついさっき、來実が似たようなことを言っていなかっただろうか。

あの場所で魔物に襲われる夢を見たのだと。

(もしかしたら、私は盛大な思い違いをしていたのではないだろうか)

ガーシェルムの鼓動が速くなる。

リラズが倒れたのは、火ネズミの実習があった少し前だ。

奇しくも、それは來実がガーシェルムの前に現れた時期と一致する。

「魔物の正体が分かったと言ったな。あれは、どういう魔物なんだ？」

「とても珍しい、バグリッタという名前の魔物だそうです。他の魔物と同じように人を襲うんですが、珍しい魂を見つけるとそれを食べようとする習性があるのだとか」

「珍しい魂を食べる？」

どういう意味かとガーシェルムが尋ねると、ヒレールは一冊の本を取り出し、あるページを開いてガーシェルムに見せた。

そこには、森で見つけた魔物によく似た絵が描かれていて、その横に特性が書き加えられている。

鋭い尻尾を持ち、尻尾を使って人を襲うこと。

そして、好みの魂を持つ人間を見つけると、その魂を引き剥がして食べようとすることが。

「魔物の魂が間違って人間に入り込んでしまったとか、魂が流転するときに記憶が消しきれていないとか、そういうちょっと変わった魂を見つけると、身体から魂を引き剥がしてしまうんです。それで、身体が朽ちて魂が弱った頃を見計らって食べに来ると書いてあります」

ヒレールの説明を聞きながら、ガーシェルムは睨みつけるようにしてバグリッタの絵を見つめた。

「それで、リラズは魂を引き剥がされたからこそ、ずっと眠ったままだということか」

「はい。バグリッタはガーシェルム様が倒してくださったので、もう魂が食べられることはないと思うのですが、どうすれば彼女が目を覚ますのかわからなくて……」

魂を抜かれたことが原因で眠っているなら、目を覚まさせるには魂を元に戻すしかない。

けれども、ヒレールにはその方法も、彼女の魂がどこに行ってしまったのかも分からなかった。

それを調べるために、ヒレールは授業にも出ずにずっと図書館にこもっていたのだという。

「……なるほど、そういうことだったのか」

「ガーシェルム様?」

「ヒレール、リラズの容態はどうなっている」

必死な様子で尋ねるガーシェルムに、ヒレールは驚きながらも答える。

「医者が言うには、もうそろそろ限界が近いかもしれないと……」

ヒレールの言葉を聞いて、ガーシェルムは表情を歪めた。

それから酷く切羽詰まった顔をして、ヒレールの手を掴んで告げた。

「頼む、ヒレール。どうか、私を彼女に会わせてほしい」

カティブ家はバーミラという街を治める子爵家だ。

カティブ家には兄と妹、ふたりの子供がいる。

兄のエフォドは爵位こそまだ継いでいないものの、カティブ子爵の補佐をして、領地のために働いていた。

婚約者だった令嬢と結婚する日取りも決まり、順風満帆な人生を送っていたエフォドだったが、最近、心を痛める出来事が起きた。

妹のリラズが突然倒れてしまい、以降、寝たきりになっているのだ。

エフォドはすぐに医者を呼び、リラズの容態を見てもらったが、リラズが眠り続けている原因は分からないと言われてしまった。

しばらくして、彼女の婚約者であるヒレールの尽力により、リラズが倒れた原因は特殊な魔物に襲われたせいだということが判明した。

けれども、どうすればリラズの目が覚めるのか、治療法がまだ分からない。

リラズを救う手立てが見つからないまま、彼女の身体は限界を迎えようとしている。

「エフォド様。ヒレール様がお越しになられました」

執務室に入ってきたメイドに来客を告げられ、エフォドは持っていたペンを置く。

「また来てくれたのか。今はまだ授業中だろうに……リラズのために苦労をかける」

ヒレールは森を挟んだ隣街を治める、ソーフェル家の長男だ。カティブ家とソーフェル家の仲は昔から良好で、年も近いことからリラズの婚約者に選ばれた。

彼がリラズを救うため尽力してくれていると知っているエフォドは、妹の婚約者を迎え入れようと椅子から立ち上がる。

ヒレールがこの屋敷を訪れるのは珍しいことではない。けれども、メイドは突然の来客に困惑した表情をしていた。

「それが、エフォド様。来客はヒレール様おひとりではないのです」

「なに？」

「スタンバーグ侯爵家のガーシェルム様が、ヒレール様と共にお越しになられて――」

「スタンバーグ侯爵家⁉」

メイドの口から告げられた大物の名前に、エフォドの声が裏返った。

スタンバーグ侯爵家といえば、広大な領地を治める大貴族だ。代々、優秀な水魔法使いを輩出しているこことで有名でもある。

エフォドも名前や顔は知っているが、もちろんカティブ家との繋がりなどはない。

「ガーシェルム様がなぜうちに来るんだ！」

「わ、分かりません。とにかく客間にお通ししましたが……」

思いがけない人物の来訪に、メイドも困り果てている様子だった。

無理もない。侯爵家令息をもてなす準備など、できているはずがない。

「分かった、急いで向かおう」

エフォドはそう言うと、メイドを押しのけるようにして、慌てて客間へと向かったのだった。


（本当にいるではないか！）

屋敷の客間に座るガーシェルムを見て、エフォドは思わず叫びそうになるのをぐっと堪えた。

侯爵家の人間だけあって、学園の制服を着ていてもガーシェルムにはどこか気品がある。

どうして、父が不在のときに限って、このような珍事が起きるのか。

エフォドは自分が対応しなければならない不幸を呪いながら、姿勢を正して、恭しくガーシェルムに頭を下げた。

「ようこそお越しくださいました、ガーシェルム様。本来であれば父が対応すべきところ、あいにく不在でございまして、本日は私がご挨拶させていただきます」

「突然の来訪、申し訳ございません」

「めっそうもありません」

形式上の挨拶を交わしながら、エフォドはいったいどういうことだと、ガーシェルムの隣にいるヒレールに視線で救いを求めた。

だが、ヒレールも申し訳なさそうな顔をするだけで、エフォドの救いになってくれそうにない。

仕方がない。ここへ来た理由は直接本人に聞くしかなさそうだ。

「それで、本日はどうしてこちらへ？」

「貴方の妹である、リラズ・カティブ嬢に会わせていただきたいのです」

「リラズにですか？」

ガーシェルムの来訪理由を聞いて、エフォドは首を傾げた。

ガーシェルムとリラズにどのような接点があるのだろうか。

不思議に思ったが、とにかく今は彼の要望を叶えることはできない。

「せっかく来ていただいたのですが、あいにく妹は今、臥せっておりまして」

「仔細はヒレールに聞いております。私も彼女を救う手助けをしたい」

ガーシェルムからのまさかの申し出に、エフォドは困惑した。

「彼女が目を覚まさないのは、魂が肉体から乖離しているからではないかとヒレールに聞きました。私は光魔法を得意としております。協力できることがあるかと」

確かに、光魔法は精神生命体など肉体がない生物に働きかけることができる魔法だ。

リラズを救うのに、優秀な光魔法の使い手が協力を申し出てくれるのはありがたい。

けれども、エフォドはすぐさまガーシェルムの申し出を喜ぶことはできなかった。

「それは、ありがたい申し出ですが……恐れながら、理由をお聞きしてもよろしいでしょうか」

まだ学園にも通っていないリラズに、ガーシェルムとの繋がりなどないはずだ。

それがどうして、突然リラズを救おうということになるのだろうか。

「リラズ嬢には、過去に私の命を救ってもらった恩がございます」

「なんですって？」

「以前、私はカメアの森で溺れたところを、彼女に救ってもらったことがあるのです。その恩を今、お返ししたい」

（おいおい、そんな話は聞いていないぞ！）

エフォドは心の中で、リラズに向かって怒鳴った。

スタンバーグ侯爵令息を助けたなんて、大事件ではないか。どうして報告しなかったのか。

妹は、昔からそういう抜けているところがあった。

エフォドはリラズを叩き起こして説教をしたい気分だったが、そうするには彼女をまず目覚めさせなければならない。

スタンバーグ家の手助けなど恐ろしくてたまらないが、正直、リラズを救うために猫の手でも借りたい状況だ。彼が申し出てくれるなら、これを断る理由はない。

けれどもあくまでそれは、本気で申し出てくれているなら、だ。

「身に余るご提案でございますが、今は少しでも可能性があるのなら、藁(わら)にも縋(すが)りたい状態です」

「妹御のご容体、心痛はお察しいたします」

「はい。だからこそ、もし興味本位でのお申し出ならば、ご遠慮いただきたいのです」

命を救ったといっても、エフォドはその話をリラズから聞いたことがない。

それにガーシェルムとエフォドは初対面だ。肩書以外、彼がどういう人間かも分からない。さすがに妹の命を、大貴族の道楽に預ける気にはなれなかった。

どこまで本気なのかと腹を探るエフォドの視線を、ガーシェルムは正面から受け止める。

「興味本位などではございません。彼女を救うためなら、私はこの命を懸けましょう」

強い瞳でそう訴えるガーシェルムに、エフォドは驚く。

彼の態度には、微塵もふざけたところが見つからなかった。むしろ本気で命を懸ける覚悟だけが伝わってくる。

「いったい、なぜ……？」

「リラズの魂の行方に、私は心当たりがあります」

そうしてガーシェルムの口から語られた内容に、エフォドは今度こそ度肝を抜かれた。

★★★

ガーシェルムがエフォドに案内されたのは、屋敷の二階にあるリラズの部屋だった。年頃の女性の部屋らしく、部屋には華やかなアカンサス模様のカーペットが敷かれている。

その部屋の奥で横たわる女性を確認して、ガーシェルムはベッドへと近づく。

妙齢の女性の寝顔を見るなど、あるまじき行為ではあるが、今は緊急事態である。

リラズは淡い水色の髪を持つ、素朴であどけなさの残る女性だった。数年前にガーシェルムはカメアの森で彼女と顔を合わせているが、微かにその面影を感じる。

ガーシェルムが急いでリラズに会いに来たのは、理由があった。

ゴーストであるはずの來実が見たという、魔物に襲われる夢。

あれは、カメアの森でバグリッタに襲われたのだというリラズの状況と一致している。

ガーシェルムは、リラズと來実の間に何かしらの関係があると考えていた。もっと具体的に言えば、來実はリラズの魂が身体から抜け出た姿なのだと推測している。

おそらく、リラズ・カティブは來実の転生体だ。

魂が身体から切り離されてしまった際に、來実はリラズの記憶を失ってしまい、魂に残っていた來実という前世の記憶が前に出てしまったのだ。

來実は異世界から来たというわりには、この世界の言語を理解していた。

それは、リラズとしての記憶を失っていても、知識として言語能力が身体に刻まれていたからなのだろう。

(予想が正しければ、リラズの身体に來実の魂を戻せば、目が覚めるはずだ)

ベッドに眠るリラズは、ガーシェルムが見てもすぐに分かるほどに衰弱していた。

その姿に、今にも消えそうな來実が重なって、ガーシェルムの胸が痛くなる。

「ガーシェルム様、リラズを救う方法は思いつきますか?」

ヒレールが不安げにガーシェルムに問いかけた。

「少し待ってくれ」

ガーシェルムはそう言うと、眠るリラズの手を掴(つか)んで、彼女の身体に魔力を流し込んだ。

人の精神を癒(いや)す魔法だ。

けれども、彼女の肉体はガーシェルムの魔法に対してなんの反応も返さない。

「魂と身体の繋がりが、かなり薄くなっているのだと思う」

魂が身体を離れて、時間が経っているからというのもあるだろう。

リラズの身体は、精神に作用する類の魔法がいっさい通じない状態となっていた。

「助かりますか？」

ヒレールの問いかけに、ガーシェルムは渋い顔をした。

正直、ガーシェルムはこのような症例を見たことがない。しかし、彼女を救える可能性があるとすれば、光属性の魔力だけだ。

「助けてみせる」

ガーシェルムはこのとき初めて、自分の魔法属性が光であることに感謝した。

もしガーシェルムが水魔法の使い手であれば、きっと手も足も出なかっただろう。

「思いつく限りの方法を試そう。ヒレール、エフォド殿。すまないが、協力してもらえるだろうか」

諦めないと言わんばかりのガーシェルムの言葉に、ふたりは心強い気持ちで頷いたのだった。

★★★

ガーシェルムの部屋にひとり残された來実は、まどろみの中にいた。

身体が重たく、動きたいのにガーシェルムのベッドの上から移動することもできずにいる。

（ああ、この感じ。覚えがあるなぁ）

生前、死の間際の來実も、同じようにベッドから起き上がることさえできなくなっていた。

自由に動かない身体、迫りくる死への恐怖。

どこにも出かけることができない毎日の救いが、病室でプレイしたゲームだったのだ。

（そう思ったら、昔も今も私の救いはガーシェルムなのかも）

誰もいない部屋で、來実はふふっと小さく笑った。

（ガーシェルム、戻ってこないな）

ガーシェルムは來実を救うと言ってくれたが、ひとりになると不安でたまらなくなる。

このまま消えて、二度とガーシェルムに会えなくなってしまったらどうしよう。

消えたら、生まれ変わることができるのだろうか。

もし新しい生を得ることができたとしても、きっと、今のガーシェルムにはもう会うことができないだろう。

そんなのは、絶対に嫌だ。

まだ消えたくない。

どんな形であっても、ガーシェルムの側にいたい。

そう思うのに、身体はどんどんと薄くなって、意識を保てなくなっていく。

――來実。

來実が睡魔に呑まれそうになったとき、ふと、ガーシェルムの声が聞こえた気がした。

ガーシェルムが戻ってきたのかと來実は目を開けるが、部屋の中には誰の姿もない。

ついに幻聴まで聞こえるようになったのだろうか。

睡魔がどんどんと増していく。

景色がぼやけて、もう視界さえあやふやだ。

このまま消えてしまう前に、ガーシェルムに会いたかった――

そんな願いを最後に、來実の思考は闇へと溶けていった。


ふと目が覚めると、來実は病院のベッドにいた。

消毒液の匂いに、無機質な白い天井。

小さなこの部屋の中だけが、來実の知っている世界だ。

(なんだか、長い夢を見ていたような……)

どんな夢だったのか思い出せないが、素敵な夢だった気がする。

そんなことを考えながらベッドから身体を起こそうとして、來実は自分の身体が上手く動かせないことに気がついた。

そうだった。來実の病(やまい)は酷くなっていて、もう自由に起きることさえできなくなっていたのだ。

歩けなくなって長いはずなのに、なぜ自由に動けるような気がしたのだろう。

白い天井を見つめて、來実はため息を吐き出す。

どこにも行けない、なにもできない。こんな生がいつまで続くのだろうか。

暗く落ち込む心を紛(まぎ)らわそうと、來実はベッド横にあるチェストに手を伸ばした。

そこにはいつもゲーム機が置いてあって、來実の心を慰(なぐさ)めてくれていた。

(あれ、ゲーム機がない)

いつも同じ場所に置いてあるゲーム機が見当たらず、來実が首をひねったそのときだった。

コンコンと病室のドアがノックされ、來実が返事をする前に開いた。

「入るぞ」

どこか横柄にも聞こえる、低く通る声。

先生の回診かと思ったが、ドアを開けて入ってきたのは見覚えのない男性だった。

派手な衣服を着た、とても綺麗な男だ。

アニメや漫画に出てくるような、やけに装飾が凝った服を身に着けている。

おまけに髪は冬の空のようなスカイグレーだ。髪の一部分だけが綺麗な青色に染まっているのが、印象的でよく目立つ。

初めて見る男――そのはずなのに、彼の姿を見た瞬間、來実の鼓動が速くなる。

彼はずかずかと來実の病室に入ってくると、興味深そうに病室を見回した。

「ふむ、なるほど。これが君の心象風景か。まさしく異世界だな」

來実には男の言葉が理解できなかった。

初対面のはずなのに、妙に親しげに來実に語りかけてくるのが気になる。

「あの、どちらさまでしょうか」

「……そうか。私を理解してはいないのだな」

來実の言葉に、男の表情が悲しげに曇る。

なぜだろうか。彼の悲しそうな顔を見ると、來実の胸が苦しくなる。

「ここは、君の部屋か？」

男は穏やかな顔で來実に問いかけてくる。

病室に入り込んだ不審な男だ。ナースコールを押すべきだと思ったのに、來実はなぜか彼を警戒する気にはなれなかった。

「私の部屋というか、病室ですけど」

「君の世界の病院か。ずっとここで生活を？」

「ずっとってわけじゃないですけど、ほとんどは」

男の問いかけに、來実は首を縦に振った。何度か退院して家に戻ったことはあるが、大半は病院で過ごしている。

來実の言葉に、そうかと、男は悲しそうに目を伏せた。

それから彼は、ふっと病室の窓に視線を移した。窓の外は晴天で、暖かな風が部屋の中に吹き込んでくる。

「外に出てみないか？」

無神経な男の誘いに、來実はぎゅっと眉根を寄せた。

「馬鹿なことを言わないでください」

「馬鹿なこと？　どうしてだ。出たくないのか？」

「出たいに決まってるじゃないですか。でも、出られないんです」

自由に外に出て、街を歩き回れたらどれだけ良いか。

けれども、それは叶わないのだ。來実はここから自由に出られないのだから。

「それは違う。君はもう自由に外を歩き回れる。君の夢は叶っていたんだ」

「なにを言っているのか、分かりません」

「思い出すんだ。自分が何者なのかを」

男はそう言うと、ベッドへと近づいてきて、來実の手を取った。

ごつごつとした指が、來実の掌を包み込む。

温かく優しい手だ。その掌の感触を、來実は知っている気がした。

「君はもう、この場所にいる必要はない」

確信めいた声で男が告げる。

その瞬間、男が触れた場所から、温かく眩しい光が來実の身体の中に流れ込んできた。

光の奔流に呑み込まれ、來実の視界が真っ白に染まる。

「――あれ？」

たった今までベッドで眠っていたはずの來実は、気がつけば屋外にいた。

美しい森の中だった。

足元には小さな白い花が、絨毯（じゅうたん）のように咲き乱れている。

すぐ近くには透き通った湖があり、太陽の光を受けて、湖面がきらきらと反射していた。

そんな美しい森の地面を、來実は両足で踏みしめているのだ。

いったい、何がどうなっているのか。

來実の病（やまい）は進行して、もはや起き上がることすらできなくなっていたはずだ。それなのに、今は身体が重くない。

來実が首をひねると、すぐ側で男の声が聞こえた。

「なるほど。やはりこの場所も、君にとっては思い出深いのだな」

「ガーシェルム？」

口から自然と男の名前が零（こぼ）れ出たことに、來実は驚いた。

そうだ。どうして忘れていたのだろう。

彼はガーシェルムだ。とても優しい、來実が愛した人。

ガーシェルムの名前を思い出すと同時に、記憶が奔流（ほんりゅう）のように來実の中に入り込んでくる。

ゴーストになって、ガーシェルムの前に現れたこと。

彼と一緒に過ごした、魔法学園の日々。

そして、ガーシェルムが來実を愛してくれたこと。

「ああ、よかった。私を思い出してくれたんだな」

來実がガーシェルムの名前を呼んだことで、彼は嬉しそうに表情を緩（ゆる）ませた。

「思い出しました。——けど、あの、なにがなんだか……」

なにが起きているのか理解できず、來実は混乱のまま立ち尽くす。

たった今まで、來実はガーシェルムのことを綺麗に忘れ去っていた。

それに、ここはどこなのだろうか。

來実はガーシェルムの部屋で、そのまま消えそうになっていたはずだ。

「私、身体があるみたいなんですけど」

來実は自分の身体を見下ろして、首を傾げた。

いつの間にか來実は、病室で着ていたパジャマから魔法学園の制服姿になっている。ゴーストである來実は自由に衣服を変えることができたけれど、それとはなにかが違う。

それに、今の來実はゴーストではなく、実体化しているように見えた。

「ここは、現実ではないからな」

「現実じゃない？」

「ああ。これは君の精神世界。君が見ている夢の中と言ったほうが分かりやすいか」

ガーシェルムに夢を見ているのだと言われて、來実は納得した。

それならば、突然景色が変わっても不思議ではない。

けれども、新たな疑問が浮かび上がって來実は首をひねる。

「ゴーストは夢を見ないのでは？」

「君はゴーストじゃない」

ガーシェルムに断言されて、來実は目を丸くした。

「いいか、君はゴーストじゃない。まだ生きているんだ」

念を押すかのように、ガーシェルムが繰り返して言う。

思いがけないことを告げられて、來実は困惑した。

「……そんなはずありません」

確かに、病死した瞬間の記憶はない。來実の持つ最後の記憶は、発作に苦しみながらナースコールを押したところで途切れている。

まさか、あのまま命が助かったとでも言うのだろうか。

けれども、もし來実がまだ生きているというのなら、この状況はなんなのだ。

「あの世界のことも、ガーシェルムの存在も、全部夢だったとでも言うんですか？」

「違う。君は確かに一度死んで、この世界に生まれ変わったんだ」

「生まれ変わった？　ゴーストとしてあの世界に迷い込んだわけじゃなく？」

「そうだ。君はまだ生きている。今は魂と身体が切り離されて、今世の記憶を失っているんだ」

ガーシェルムの言葉は、來実が思ってもみない内容だった。

もしそれが事実なら、どれだけ嬉しいだろうか。來実が本当に、あの世界の住人だったら――

けれども、そんな都合のいい話があるわけがない。

「ガーシェルムの言う通り、ここは夢の世界なんですね。それとも、ここは天国なんでしょうか」

あのまま、來実はガーシェルムの部屋で消滅してしまったのかもしれない。

消滅したあとに夢を見るというのもおかしな話だが、なんにせよ、これが現実ではないのは間違いないだろう。

「今目の前にいるガーシェルムも、この景色と同じで私が作り出したものですか？」

「私は本物だ。もっとも私の身体は今、君の前で眠っているが」

言葉の意味が分からずに來実が首を傾げると、ガーシェルムは眉根を寄せて難しい顔をした。

「私は今、君の側にいる。正しくは君の身体の側にだ」

「私の身体？」

「ああ。この世界での君の身体だ。魂を失った君の身体は死を迎える直前だった。だから、繋がりを探して君の魂をむりやり身体に呼び戻したんだ」

ガーシェルムの言っている言葉の意味が、來実にはよく分からなかった。

話についていけない來実に気づいていないのか、ガーシェルムは説明を続ける。

「身体から抜け出した衝撃で、君は今世の記憶を失っている。別人だと思い込んでいる魂を戻したところで、身体には馴染まない。君が助かるには、自力で記憶を取り戻さなければならないんだ」

「ちょ、ちょっと待ってください。もう、どういうことなんだか……」

情報量が多すぎて処理しきれないが、その中で來実は一番気になることを質問した。

「あの、ガーシェルムの言葉を聞いていると、私が生きているように思えるんですが」

「だから、先ほどからそう言っている」

確かにガーシェルムは、來実はこの世界に生まれ変わったのだと言っていたが。

「本当に、私は生きているんですか？」

「ああ。魂を失ったせいで衰弱しているが、まだ息がある」

生きている。しかも、それは來実ではないのだという。

來実は一度死んで、別人としてこの世界に生まれ変わっていたのだと。

「……信じられません」

「私の言葉が信用できないか？」

「そ、そういうわけじゃありません。ガーシェルムがこんな嘘を言うはずがない」

信じられないのは、話がうますぎるからだ。

ずっと、來実はもう死んでしまったのだと思っていた。消えてしまえば、ガーシェルムに二度と会うことができないのだと覚悟していたのに、そうではなかったなんて。

「私、またガーシェルムに会えるんですか？」

「ああ。そのために、私はここに来た」

ガーシェルムは穏やかな顔で笑う。

來実の身体が今どうなっているのか分からないが、きっと來実を救うためにガーシェルムが手を尽くしてくれているのだろう。

「ガーシェルムとこうして話しているのは、私の身体に何かしたからなんですね？」

「ああ。魔力を使って君の身体に魂を呼び戻した」

つまり、來実はガーシェルムの部屋で消えてしまったのではなく、元の身体の中に戻ったということなのか。

「でも、そんな実感は全然ありませんよ」

「それは、君の魂が身体を受け入れていないからだ」

來実はこの世界に転生したらしいが、転生したあとのことをなにひとつ覚えていない。

先ほど、身体から魂が抜け出したときに、今世の記憶を失ってしまったのだとガーシェルムは言っていた。

「このまま放っておくと、魂が身体に馴染まないまま、やはり君は死んでしまう。だから、私は自分の精神を切り離して、君の中に入ることにした」

「ガーシェルムが、私の中に?」

「そうだ。だからこうして、君と話すことができている」

ようやく理解したかと、ガーシェルムは微笑んだ。

けれども、ガーシェルムの言葉を聞いて來実は不安になる。

「それって、危険はないんですか?」

他人の身体の中に入るだなんて、普通はありえないことだろう。そんなことをして、ガーシェルムは大丈夫なのだろうか。

「君が無事に目覚めれば、危険はない」

「目覚めなければ?」

「君の身体が死ぬのと同時に、私も身体に戻れなくなり、眠り続けることになるな」

なんでもないことのように告げたガーシェルムに、來実は息を呑む。

「どうしてそんなことを！」

眠り続けると簡単に言うが、魂が戻れなくなった身体がずっと無事だとは思えない。

きっと來実が起きなければ、ガーシェルムも死んでしまうのだろう。

どうしてそんな危険な真似をしたのかと怒る來実に、ガーシェルムは柔らかく笑う。

「必ず助けると言っただろう。それに、君の中に入れそうな人間が私しかいなかった」

精神に干渉できるのは、光魔法だけだ。けれども、光魔法が使えれば誰でもできるわけではない。

そもそも、他人の精神に入るのは危険な行為である。

きっと、ガーシェルム以外の人間ならやりたがらなかっただろう。

「どうして、そこまで……」

「分からないか？　君を愛しているからだ」

ガーシェルムの言葉に、來実は涙が出そうになった。

彼の愛はどこまで深いのだろうか。

こんなにも自分を思ってくれている、ガーシェルムの想いに答えたい。

彼を死なせたりなんてしない。

すぐに信じがたい事実だが、彼がそう言うなら、きっと來実は本当にまだ生きていて、どこかで眠っているはずなのだ。

「私、目を覚ましたいです。どうすれば起きられますか？」

「元の自分を思い出すんだ。そうすれば、身体と魂が繋がる」

「元の私を……」

來実がこの世界に転生していたのだというなら、転生後の記憶があるはずだ。

けれども、今の來実にはその自覚がまったくなかった。自分が本当は來実ではなく、転生した別人だと言われても、ピンとくるはずがない。

そもそも思い出せと言われても、なんの手掛かりもないのだ。

「転生した私って、誰なんでしょうか。ガーシェルムはもう知っているんですよね？」

ガーシェルムは來実の身体の側にいると言っていた。

ならば來実が誰なのか、もう分かっているはずだ。

「君も名前だけなら知っているはずだ。倒れてしまったというヒレールの婚約者、リラズ・カティブ。それが今世の君だ」

「リラズ……」

その名前は、ヒレールの口から何度か聞いた。

しかし、名前を聞いても、それが自分の名前なのだという実感はない。

「私、ヒレールの婚約者だったんですか」

自分がすでに誰かの婚約者だとは、なんだか複雑な気分だ。

來実のつぶやきを聞いて、ガーシェルムは苦々しい顔をする。

「その件については私も思うところがあるが、とにかく、まずは君が目覚めるのが先だ」

「もしかして、ヒレールに嫉妬してくれています？」

「当然だろう。君は私のものだ」

「あ……はい、その、ありがとうございます」

からかってやろうと思ったのに、思いがけず甘い言葉が返ってきて、来実は顔を赤くした。

ヒレールと自分が婚約しているなんて、来実も複雑な気持ちである。

ただ、これは本人同士が望んだものではなく、ヒレールもリラズとの婚約を解消しようとしていたと言っていた。

この先どうするべきか気になるところではあるが、ガーシェルムの言う通り、すべては目を覚ましてからだ。

「それにしても、どうやって記憶を思い出せばいいんでしょうか」

確かヒレールは、リラズは幼馴染だと言っていた。だとすれば、近しい人間だったはずなのに、ゴーストだったときに彼の顔を見ても記憶が戻ることはなかった。

ヒレールはリラズを救おうと手を尽くしてくれていたのに、なんだか申し訳ない。

それほどまでしてくれたヒレールと話しても駄目なのであれば、なにをとっかかりにすればいいのか、見当もつかなかった。

「それについては思い当たる節がある。君は記憶をなくしていても、この場所に引っかかるものがあったのだろう？」

そう言って、ガーシェルムは森の湖畔を見回した。

病室から無意識に移動した場所。ここは校外実習で来たカメアの森、ガーシェルムと共に魔物に襲われた場所だ。

そういえば、実習に来ていたときも、來実はこの場所を知っているような気がしていた。

「私にとって、特別な場所だったんでしょうか……」

「ここは君の精神世界だ。この風景を作り出したということは、よほどの思い入れがあったのだろう」

來実はキラキラとした湖畔に目をやった。

絨毯のように広がる美しい花畑。なんだか懐かしい気はするが、すぐに記憶は戻らない。

「私はこの場所で、過去に君と会っている」

「え？」

「以前、言っただろう。湖で溺れたときに少女に助けられたと。君はその相手をアレラだと言ったが、私を助けたのはアレラではなく、リラズ——君だ」

「私がガーシェルムを助けた？」

ガーシェルムの言葉を聞いて、來実の脳裏にある光景が蘇る。

その日、リラズは不機嫌だった。

彼女の両親が、勝手にリラズの婚約を決めてしまったからだ。

婚約の相手はヒレール・ソーフェル。

リラズとも仲が良いから、きっと上手くいくと彼女の母は笑ったが、リラズは不満であった。

確かに、ヒレールは良い友人だ。けれども、彼に対しては友人以上の感情を抱いたことがなく、それはきっと、ヒレールも同じだろう。

兄に不満を漏らすと、彼は困ったような顔で笑った。

「結婚なんてそんなものだよ。それでも、上手くやれるものさ。父さんと母さんもそうだろう？」

兄の言う通り、リラズの父と母も政略結婚だ。

中には自分で伴侶を見つける貴族もいるが、親が結婚相手を決めるというケースのほうが多い。

この世界では当たり前のことだというのに、なぜかリラズにはその考えが馴染まなかった。

（結婚するなら、好きな人とがいい）

自由に恋をして結婚する――なぜかリラズはそれが当然のように感じていたのだ。

こういう感覚は、昔から時々あった。

リラズの中では当然だと思う価値観が、世間とズレているのだ。

せっかく健康に生まれてきたのだから、自分の好きなように生きてみたい。まるで、そうできなかった過去があるかのように、リラズの中には常にそんな願いがあった。

けれども、リラズの考えを家族は理解してくれない。

家にいれば喧嘩になりそうだと、リラズは屋敷を抜け出して、お気に入りの森に遊びに行った。

カメアの森の中にあるこの花畑は、ヒレールに教えてもらった場所だ。

森には魔物が出るので、滅多に人が来ることはない。あまり立ち入るなと言われているが、森に出る魔物は大して強くはないので大丈夫だろう。

それに、魔物が出ない道はヒレールに教えてもらって知っている。

しかし、その日は少し勝手が違った。

リラズのお気に入りの場所に、先客がいたのだ。

（ヒレールかな？）

リラズにこの場所を教えてくれた彼なら、いてもおかしくはない。

けれども今のリラズは、ヒレールと会いたくない気分だった。ヒレールが悪いわけではないのだが、彼の顔を見ると婚約の話を思い出してしまう。

出直そうかと考えたリラズだったが、そこにいるのが見知らぬ少年だと気づいて足を止めた。

湖の縁（ふち）に立ち、憂（うれ）えた表情で湖面を眺めているのは、息を呑むほど美しい男の子だった。

服装からきっとそれなりの家の人間なのだと思う。冬空のようなキラキラとした銀の髪の中に、青い色が混じっているのが印象的だ。

初めて見る少年。そのはずなのに、なんだかリラズは彼を知っているような気がした。

リラズが妙な感覚に陥（おちい）っていると、少年は意を決した顔をして湖の中に入っていった。

（まさか、自殺するつもり？）

少年はずんずんと湖の中心に向かって歩いていく。自殺するにしては力強い足取りだ。

ならば、なにか目的があるのだろうか。

リラズは止めるべきか迷って、木の陰から少年を見守っていた。

だが、湖の底が急に深くなったようで、少年は突然溺れたようにもがき始める。

(助けないと！)

リラズは意を決して木陰から飛び出した。

そのまま湖に飛び込もうとするが、自分の衣服を見て思いとどまる。

リラズは淡い緑色のドレスを着用していた。こんな重たい服のまま水に入っては溺れてしまう。

それに、泳ぎの経験のない人間が助けに入っても、逆に邪魔になってしまうかもしれない。

リラズは周囲を見回して、長くて丈夫そうな木片を持ち上げた。

「落ち着いて、これに掴(つか)まってください！」

リラズが声をかけると、少年は驚いたように目を丸くしてから、リラズが伸ばした木片を掴(つか)んだ。

ぐっと湖の中に引っ張られそうになるが、リラズは両足でしっかりと踏ん張って耐える。

どうにか湖の縁(ふち)にまでたどり着いた少年は、ぐったりとした様子だった。

「すまない、助かった」

「上れますか？　手を貸しましょうか」

「いや、大丈夫だ」

少年はリラズの手助けを断ると、重たい動作で湖から上がった。

そのまま疲れたように地面に座ると、大きく息を吐き出す。

髪や服がびしょぬれになった少年を見て、リラズは困惑した。

「あの、湖になにか落としたんでしょうか」

自ら湖の中に入っていく理由なんて、そのくらいしか思いつかない。

リラズが尋ねるものの、少年は首を左右に振った。

「いや、そういうわけではない」

だったらどうして湖の中に入ったのか。

リラズが不思議そうにしていると、少年は気まずそうに眉尻を下げた。

「……水の中に入れば、水魔法についてなにか掴めるかと思ったんだ」

「え？」

少年の言葉の意味が分からず、リラズは目を瞬いた。

「水魔法を使いたいんですか？」

リラズの言葉に、少年は無言で頷く。

魔法というのは、生まれつき属性が決まっているものだ。中には後天的に新しい才に目覚める人もいるが、そういう人は多くない。

リラズはちらりと少年の髪を見る。

彼の髪は光魔法を表す銀色。髪の一部分に青色が混じっているのでまったく才能がないわけではないのだろうが、今の時点で使えないのならこの先難しいだろう。

「水魔法を使えなければ、私に価値はない」

俯いた少年の前髪から、ポタポタと水滴が落ちる。

リラズに彼の事情は分からないが、その沈痛な表情を見ているだけで胸が痛くなる。

「価値がない人なんていません」

リラズはそう言うと、彼の身体に手を翳して呪文を唱えた。魔力を受けて、水に濡れた少年の服が一瞬にして乾く。

リラズが少年の服についた水に働きかけて、地面に移動させたのだ。

「……ありがとう。君は、水魔法が使えるんだな」

「魔力は強くなくて、これくらいしかできないんですけど」

「怪我をしている」

少年はリラズの手を見て、眉根を寄せた。

リラズは気づいていなかったが、木片を持ち上げたときに切っていたようで、掌に小さな切り傷ができていた。

「かすり傷ですよ」

「手を貸してくれ」

少年はリラズの手を取り、傷口に自分の手を翳すと、魔力を流し込む。みるみるうちに傷が塞がっていき、鈍い痛みも消えていった。

リラズは少年にお礼を告げてから、綺麗になった掌を宙に翳す。

「私にしてみれば、光魔法ってすごいですよ」

少年は水魔法が使いたいらしいが、リラズはどちらかと言えば光魔法に憧れる。

水魔法よりも、精神と癒しの力を持つ光魔法のほうが需要も多いし、便利なのだ。

「傷ついた人を癒せるなんて、素敵な力だと思います」

「そうかもな。だが、私には意味がない力だ」

少年は自分の掌を見つめながら、暗い顔でため息を吐いた。

「私には水魔法の才がなければならなかった。どうにか属性を得る方法はないかと、色々試してみたが、無駄骨ばかりだ」

どうしてそこまで水魔法にこだわるのか不思議に思ったが、ふと兄から聞いた噂話を思い出す。

「もしかして、スタンバーグ家の方ですか?」

スタンバーグ家とは、代々優秀な水魔法使いを輩出することで有名な侯爵家だ。

だが、ひとり息子である嫡男が珍しく水魔法の才を持っていないらしいと、一部では悪意を持って噂されていた。

「ああ。私は、ガーシェルム・スタンバーグだ」

やはり彼がそのスタンバーグ家の嫡男なのだ。であれば、彼がこうして水魔法にこだわるのも納得である。

魔法属性に優劣はないが、周囲の期待と失望が彼の心をこんなにも追い詰めているのだろう。

「スタンバーグ家の嫡男が水魔法を使えないなんて、笑えるだろう?」

皮肉げに言う少年に向かって、リラズは首を左右に振った。

やはり彼の沈んだ表情を見ていると、胸の奥が苦しくなる。

水魔法が使えないのは、彼の努力不足ではない。生まれ持った才能なのだから仕方ないのに。

「どうしてですか？　水魔法が使えなくっても、立派な当主にはなれますよ」

領地を治めるのに、魔法の実力はさほど関係ない。それよりも、良い政策を考えるほうが何倍も大事だ。

「たとえ他の部分が人より優れていたとしても、水魔法が使えないだけでスタンバーグ家の代表として相応しくないんだ」

そう語るガーシェルムの目には、苦しみと諦めの色が浮かんでいた。

おそらく、彼の周囲にそんな考えを押しつける人間がいるのだろう。

「そんなことを言う人は、将来、実力で黙らせればいいんです」

領主として功績を上げれば、周囲は彼を認めざるを得なくなるはずだ。

リラズが鼻息も荒く語ると、ガーシェルムは驚いたように目を丸くして、口元をほころばせた。

「ずいぶんと過激なことを言うご令嬢だ」

ふっと柔らかくなった目元が優しくて、その顔を見た瞬間、リラズの鼓動が速くなった。

この人が笑った顔を、もっと見たい。

そう思っただけで急に顔が赤くなった自分に、リラズは戸惑った。

「あ、あの、では、気をつけて帰ってください！」

「あ、おい！」

なんだか急に恥ずかしくなって、リラズはガーシェルムに背を向けて走り出した。

このとき芽生えた感情が恋であり、彼に名乗ってすらいなかったのだと気づいたのは、しばらく経ってからのことであった。

★★★

ガーシェルムと出会った記憶を思い出すと、それが呼び水になったかのように、次々とリラズとしての記憶が戻ってくる。

やがて記憶の渦に押し出されるように、ぐにゃりと周囲の景色が歪んだ。

目の前がどんどん白く染まっていき、急にどこかに引っ張られるような感覚がする。

「う……ぅん」

ゆっくりと、來実は瞼(まぶた)を持ち上げた。

おぼろげな視界に飛び込んできたのが、見知った病室の天井でないことに違和感を覚える。

(あれ？　そうか。ここ、私の部屋だ)

記憶の整理が追いついていないのか、自分が何者なのか分からず彼女は少し混乱する。

(――加月來実じゃない。今の私は、リラズ・カティブ)

「リラズ」

名前を呼ばれて、來実――リラズは視線をそちらに向ける。

すぐ側にガーシェルムがいることに気づいて、リラズは目を瞬いた。

リラズと目が合うと、ガーシェルムは柔らかく微笑んだ。

「良かった。無事に目覚めることができたんだな」

「ガーシェルム？」

「私のことは覚えているようだな」

リラズが名前を呼んだことに安心して、ガーシェルムはほっと息を吐き出した。

「あの、私は……これは、いったい？」

リラズはまだ混乱していて、なにが起きたのか、上手く理解できていなかった。

先ほどまで、リラズはガーシェルムの夢を見ていた。その前は、ゴーストになってガーシェルムと一緒の部屋で生活していた気がする。

あれは夢ではなく、現実だったのだろうか。

「自分が魂だけの状態になっていた自覚はあるか？」

ガーシェルムの言葉に、リラズは首を縦に振る。

あの日、リラズは森の湖で魔物に襲われた。おそらくはそのときに、魂と身体が切り離されてしまったのだろう。

それがきっかけで、リラズとしての記憶を失った。

代わりに前世の記憶を思い出し、自分が加月來実だと思い込んでいたのだ。

今のリラズには、來実だった頃の記憶とリラズとして育ってきた過去の、ふたつの記憶が混じり合っている。

「ガールムが助けてくれたんですか？」

先ほどの夢の中で、ガーシェルムはリラズの精神の中に入り込んでいると言っていた。

「必ず救うと言ったからな」

「ガーシェルム……」

ガーシェルムが自分のために手を尽くしてくれたことが嬉しい。

リラズが思わず涙ぐんでいると、ガーシェルムはそっとリラズを抱きしめた。

その感触と温かさに、ますます涙が出そうになる。

「こんな風にガーシェルムに触れてもらえるなんて、無理だと思っていました」

どれだけ望んでも、きっと叶うことなんてないと――命だけじゃない、色々なことを諦めてしまっていた心まで、ガーシェルムは救ってくれたのだ。

「私も、こうして君に触れられて嬉しい」

ガーシェルムに触れられる幸せを噛みしめながら、リラズは彼の腕の中でゆっくりと目を閉じた。

ガーシェルムを助けたあの日、リラズは彼に恋をした。

水魔法が使えないことを嘆き、苦しんでいる彼に笑ってほしいと思ったのだ。

ずっとガーシェルムのことが忘れられなくて、もう一度会いたいと願い続けていた。

だからこそ、魂だけの姿になったとき、無意識に彼のもとへと向かったのだろう。

リラズが喜びに浸（ひた）っていると、コンコンと部屋のドアがノックされる。

「ガーシェルム様、リラズはどうなりました？」

ドア越しにそう声をかけてきたのは、ヒレールだった。

そうだ。ヒレールもリラズを救おうと、ずっと手を尽くしてくれていたのだ。

彼にも礼を言わなければ。

リラズがそっとガーシェルムの身体を押し返すと、彼はますます強い力でリラズを抱きしめた。

「ガーシェルム？」

抱きしめてくれるのは嬉しいが、この状況は少しまずいのではないかとリラズは顔を青くした。

ヒレールとは婚約を解消しようという方向で話し合いを進めていたが、現状、彼はまだリラズの婚約者なのだ。

「ガーシェルム、離してください」

「問題ない。ヒレール、リラズは無事だ。入って構わないぞ」

「ガーシェルム⁉」

リラズを抱きしめたままヒレールに入室を促す(うなが)ガーシェルムに、リラズは慌てる。

ガーシェルムの許可を得て、ヒレールが部屋の中へと入ってきた。

彼は抱き合うガーシェルムとリラズを見て一瞬頬を引きつらせてから、ため息を吐いてドアを閉めた。

「……ガーシェルム様。そういうのは、きちんと環境が整ってからにしてください」

「ヒレール？」

ともすれば裏切りにもなりえるこの状況を見ても非難しないヒレールに、リラズは首を傾げる。

「彼には君のことを話してある。私が君を好きだということも」

ガーシェルムの言葉に、リラズは驚いてふたりを見比べる。

ヒレールはガーシェルムの言葉に頷いたあと、疲れたような顔をした。

「事情はお聞きしましたし、もともとリラズとは婚約を解消する計画を練っていましたので問題ないのですけれど……人前でベタベタするのはどうかと思います。牽制なさらなくとも、おふたりの邪魔はしませんから」

ヒレールの言葉を聞いて、ガーシェルムはようやくリラズを解放した。

ヒレールはリラズを見て、笑顔を向ける。

「無事で良かった」

リラズを気遣うヒレールに、リラズは居住まいを正してから向き直る。

「ヒレール、色々と迷惑をかけてごめん。あと、助けてくれてありがとう」

「まあ、リラズを助けたのはガーシェルム様なんだけどね」

「それでも、私を救おうと色々手を尽してくれていたでしょう？」

彼がリラズを救おうと、あれこれ悩んでくれていたことは覚えている。

恋愛感情は芽生えなかったが、リラズにとってヒレールは大事な幼馴染(おさななじみ)なのだ。

リラズが改めてお礼を伝えると、ヒレールは居心地が悪そうに頬を掻いた。

「君、ガーシェルム様のところにいたんだってね。驚いたよ。まさか、來実さんがリラズだったたなんて」

記憶を失ったままヒレールとした会話を思い出して、リラズは少し恥ずかしくなった。ヒレールに恋愛相談をしてしまっていたのだ。

「えっと、その節はお世話になりました」

「上手くいったようでよかったよ。君に好きな人がいるって話は聞いていたけど、まさかその相手がガーシェルム様だったとはね」

リラズはヒレールに想い人がいることを打ち明けていたが、その相手までは伝えていなかった。リラズにとってガーシェルムは高嶺の花。正直に伝えても諦めろと諭（さと）されるだろうと分かっていたので、秘密にしていたのだ。

リラズだって、まさか本当にガーシェルムと両想いになるとは思ってもみなかったが。

「ヒレール、婚約のことだけど……」

「分かってる。前にも言った通り、解消するよう互いの両親にかけあおう」

ヒレールはリラズにそう答えてから、ガーシェルムに向き直った。

「ガーシェルム様も協力してくださいますか？」

「え、ガーシェルムが？」

「君により良い嫁ぎ先があるって分かっていたほうが、婚約も解消しやすいでしょ」

ヒレールはつまり、ガーシェルムにリラズの次の婚約者になれと言っているのだ。

リラズはガーシェルムの顔色を窺（うかが）う。

もしそうなれたら嬉しいが、両想いとはいえ、婚約となれば家同士の問題なのだ。ガーシェルムの一存では決められないだろう。

それほどまでに、スタンバーグ家とカティブ家では格が違う。アレラのように飛び抜けた魔法の才を持っていれば別だが、リラズは人並み程度の魔力しか持ち合わせていない。

リラズと婚約したところで、スタンバーグ家はなんの利も得ることができないはずだ。

「もちろん、私も協力させてもらう」

ガーシェルムは微塵（みじん）も迷うことなく即答した。

その返答は嬉しいが、本当にそれでいいのかとリラズは戸惑う。

「それでは、リラズの無事も確認できましたので、僕はもう失礼させてもらいます。両親を説得するために、これから色々と根回しをしないといけないので」

「ヒレール、本当にありがとう」

リラズが改めてお礼を告げると、ヒレールは笑いながらひらひらと手を振った。

ヒレールが部屋を出て行ったのを見送りながら、ガーシェルムは目を細める。

「彼は良い男だな」

「優しい、自慢の友人です」

リラズが胸を張ってそう言うと、ガーシェルムはヒレールが出て行ったドアを難しい顔で見つめた。

「君たちが友人であるというのは十分理解したが……それでも、少し複雑だな」

幼馴染（おさななじみ）ということもあり、リラズとヒレールにはある種の気安さがある。

彼がリラズのために奔走していたことにはガーシェルムも感謝しているようだが、どうしても嫉妬めいた気持ちが湧き上がるのだろう。

「ヒレールとは長い付き合いですから。でも、ヒレールは前世のことは知りませんよ」

魂が身体から切り離されるまで、リラズには來実としての記憶はなかった。だから、ヒレールには前世について話したことはない。

けれども、前世の記憶を思い出した今、リラズにとって來実の記憶はもうひとつの自分と言えるほど大きな存在になった。ガーシェルムに來実と呼ばれないことに違和感を覚えるほどだ。

「君はもともと、來実としての記憶は持っていなかったんだな」

「はい。でも、影響されていた部分はあったと思います。この世界や貴族の風習に馴染（なじ）めなくて、違和感を覚えることが何度かありましたから」

性格だって、來実とリラズはよく似ていた。親に結婚相手を決められることに抵抗があったのも、思えば前世がなんらかの影響を与えていたのだろう。

「令嬢らしくないと、よく叱られたのではないか？」

ガーシェルムがにやりと笑うと、リラズは誤魔化すように目を逸らした。

「れ、礼儀作法は、一応家庭教師（カヴァネス）に習ったんですよ。確かによく叱られましたが」

とはいっても、子爵家であればそこまで厳しく教育されることはない。

ただ、もしガーシェルムと結婚するとなればそうはいかないだろう。

侯爵家ともなれば、礼儀作法だけでなく社交だって今までとはずいぶん変わるはずだ。

「あの、本当に良かったんでしょうか」

「なにがだ？」

「その、私がガーシェルムの……」

途中で、リラズの言葉は尻すぼみになっていく。

思えば、ガーシェルムはリラズの婚約解消に協力すると言っただけで、彼女を婚約者にするとは明言していないのだ。

リラズの不安を読み取ったのか、ガーシェルムは彼女を安心させるように髪を撫でて言う。

「私は君と結ばれたい」

はっきりとした言葉をもらって、リラズは顔を上げる。

嬉しくはあるが、不安はすぐに拭えない。

「……私にはスタンバーグ家の嫁という身分は分不相応です」

「アレラのときはあれだけ応援していた君が、えらく弱気だな。彼女は庶民出身だぞ」

「でも、アレラには才能がありますから」

確かに、ガーシェルムがアレラと結ばれても、いくらか困難はあっただろう。

だけど、彼女はそれを覆すだけの利益を与えることができるのだ。

「君だって、水魔法の才があるだろう。多くの属性を持つアレラよりスタンバーグ家の嫁として相応しいと思うが」

ガーシェルムが結婚するなら水魔法の才がある者とすべき、と考えていたことは知っている。

次代に水魔法の才を残すという点では、確かにリラズでも問題ない。

けれど、それは次代を考えればの話だ。

「私ではガーシェルムに水魔法の才を与えることはできません」

ガーシェルムはずっと、水魔法が使えるようになることを願っていた。

ゲームの中で、ガーシェルムが水魔法の才に目覚めるのは、ガーシェルムを凌駕するほど魔力量が多いアレラと関係を持つからだ。魔力量が少ないリラズではその役は果たせない。

リラズを選んでしまえば、ガーシェルムの願いを叶える機会を失ってしまう。

「確かに私は、ずっと水魔法に憧れていた」

ガーシェルムの水魔法への執着は、憧れと片づけるにしては重すぎる。

水魔法が使えない自分には価値がないと、ずっと自分を否定し続けてきたのだから。

「だが今は、光魔法の才を与えられていて良かったと、心からそう思っているんだ」

ガーシェルムの意外な言葉に、リラズは目を瞬いた。

彼は迷いのない目でまっすぐにリラズを見つめている。

「水魔法では君を救うことは絶対にできなかった。私が光魔法の属性を持って生まれたのは、このときのためだったと、そう思えるようになった」

彼の言葉を聞いて、リラズはなんだか泣きたくなった。

水魔法に固執する彼は光魔法など不要なものだと、せっかくの才を切り捨てていた。

けれども、ガーシェルムはずっと嫌だった自分の属性に、初めて感謝することができたのだという。

「光魔法を認めることができたんですね」

「君のおかげだ」

ガーシェルムは相好を崩して、リラズの頬に手を伸ばした。

そして、今のガーシェルムには水魔法を得ることよりも、もっと大切なことがあるのだと続ける。

「リラズ。どうか、私と結婚してほしい」

揺るぎのない目で告げられて、リラズの中から迷いは消えた。

ガーシェルムの水魔法への執着を知っているからこそ、リラズにはその言葉の重さが分かる。

彼は追い求めていた才能よりも、リラズを選んでくれたのだ。

胸の奥が温かく、幸せな気持ちで満ち足りる。

ずっとガーシェルムの幸せを願っていた。

アレラと結ばれることこそ彼の幸せだと思っていたが、今はもう違う。

自分の手でガーシェルムを幸せにしたい。この先もずっと、彼の隣で。

「はい」

リラズが頷くと、ガーシェルムは誓いを立てるように彼女に優しく口づけた。

リラズは鏡の前で緊張していた。

刺繍とレースがたっぷりついた淡い水色のドレスは、あまりの軽さになんだか落ち着かない気分になる。とても軽くて肌触りが良いと評判の生地は、買うのを躊躇ってしまうほど高価なのだ。しかも、襟元には装飾として大きな宝石までついている。

着慣れない高価な衣服を汚してはいけないと、リラズはついつい身体を硬くしてしまう。

「ど、どうなの、お兄様、どこかおかしなところはない!?」

朝から時間をかけて髪を結い上げたし、メイクだっておかしなところはないはずだ。

いくども鏡の中の自分を確認したものの、それでも自信が持てなくて、リラズはエフォドに意見を求めた。リラズよりも社交の経験が多いエフォドなら、適切なアドバイスをくれるはず。

するとエフォドは着飾ったリラズをまじまじと眺めてから、感嘆の息を吐き出した。

「ガーシェルム様はさすが趣味が良い。あのリラズが立派な令嬢に見えるとは。……黙っていればだがな」

最後に余計なひと言をつけ加えながら、エフォドはリラズの装いを褒めた。

今リラズが身に着けているドレスは、ガーシェルムに贈られたものだ。

リラズが目を覚ましてから時間は流れ、リラズは無事にヒレールとの婚約を解消することができた。

その後、スタンバーグ侯爵家に挨拶に行き、ガーシェルムとの婚約を認めてもらえた。

今日は、スタンバーグ侯爵家にて婚約披露のパーティが催される。

もちろん、主役はリラズとガーシェルムだ。

祝いの席で失敗しないよう、リラズは早起きをして念入りに準備を整えていた。

「お前がガーシェルム様の婚約者になるとは……栄誉なことだが、俺は胃が痛いぞ」

リラズの新たな婚約が決まってから、エフォドはずっとこんな調子だ。

貴族令嬢としては少々風変わりなリラズが、大きな失敗をしでかさないか心配しているらしい。

「まさか、なんの問題もなくリラズがガーシェルム様の婚約者になると思わなかった。スタンバーグ侯爵はお心が広い」

エフォドのつぶやきに、リラズも同意して頷いた。

まだ一度しか顔を合わせていないが、ガーシェルムの父であるスタンバーグ侯爵はリラズを歓迎してくれた。

リラズが水魔法の使い手と知って、侯爵は初めは複雑そうな顔をした。

彼は自分が父の意見を無視して結婚相手を選んだことで、ガーシェルムに余計な負担をかけてしまったことを気に病んでいたのだ。

ガーシェルムが家のことを思ってリラズを選んだのではないかと心配する侯爵に、ガーシェルムはきっぱりと否定してくれた。

たとえリラズがどんな才を持っていたとしても彼女を選んだと言って、愛しそうな目でリラズを見つめるガーシェルムを見て、侯爵は安心したように相好を崩した。

「ご自身も恋愛結婚をされたので、ご理解があったんだと思います」

「なるほどな」

エフォドが頷くと、メイドがドアをノックして来客を知らせる。

「エフォド様、リラズ様。ガーシェルム様がお迎えに来られました」

「え、もうそんな時間？　すぐに向かいます」

リラズは慌てて立ち上がり、屋敷のエントランスへと向かう。

サーキュラー階段の下にいたガーシェルムは、盛装を身にまとっていた。

銀糸の織り交ぜられた煌びやかなテキスタイルのジャケットは、ガーシェルムの美しさを引き立てている。華美でありながらも派手すぎない装いは、シンプルな制服姿を見慣れたリラズには少し刺激が強かった。

（新規スチル……）

思わず来実だったときの感性が蘇り、リラズは慌てて暴走しそうになる思考を打ち切って、ガーシェルムのもとへと向かう。

「ガーシェルム、来てくださってありがとうございます」

階段を下りてくるリラズを見て、ガーシェルムの目が柔らかに細まった。

「すまない、約束の時間より早くなってしまった。つい気が急いてしまって」

「大丈夫です。私も、早くガーシェルムに会いたかったので」

まだ学園に通っていないリラズは、学園で寮生活をするガーシェルムとはなかなか会えない。

休日に会うことはできるのだが、リラズもガーシェルムも婚約の関係で慌ただしくしていて、ゆっくり会話するのは難しい。

「そのドレス、着てくれてありがとう。よく似合っている」

「ガーシェルムこそ、すごく素敵です」

もともと顔が良いと思っていたが、盛装したガーシェルムは数倍も素敵で、彼の隣に並ぶことに気が引けてしまうほどだった。

「君にそう言ってもらえて良かった。今日こそはゆっくりできるのだろう？」

婚約披露のパーティが終わったあとは、リラズはスタンバーグ家の屋敷に一泊する予定になっている。パーティは緊張するが、久々にガーシェルムとゆっくり話ができそうで、リラズは楽しみにしていた。

「ガーシェルム様、お久しぶりです」

リラズに続いてやってきたエフォドが、ガーシェルムに向かって挨拶をする。

「エフォド殿。このたびは婚約に尽力してくださり、感謝いたします」

ヒレールとの婚約解消がすんなりと進んだ裏には、エフォドの口添えもあった。

彼が事前にリラズの両親に、ふたりの関係やガーシェルムの人となりを伝えてくれていたのだ。

「ガーシェルム様には、リラズを救ってもらった恩がありますから」

「エフォド殿もご一緒に向かわれますか？」

今日のパーティには、当然エフォドも招待されている。

だが、エフォドはガーシェルムの誘いに首を左右に振る。

「若いふたりの邪魔はしたくありませんので。俺はあとから両親と向かわせてもらいますよ」

そもそも、主役であるガーシェルムたちは会場に行って準備することが多い。パーティまではまだ時間があるし、エフォドが今向かっても時間を持て余してしまうだろう。

ガーシェルムは頷くと、リラズと一緒にスタンバーグ家の屋敷へと向かった。


スタンバーグ家はシャーロン東にある広域を統治している。

その中心であるダラハは港に面した外国との交易都市であり、シャーロンの首都に次いで発展している大都市だ。

スタンバーグ家の屋敷は、そのダラハを見下ろす小高い丘の上に建っている。建物は年代を感じさせるが、丁寧に手入れされているため歴史的情緒があり、古めかしさを感じない。

薔薇（ばら）のアーチを潜（くぐ）り抜ければ、季節の花が咲き乱れた美しい庭が広がる。

さらに騎士の彫像が飾られた噴水の横を抜けると、屋敷のエントランスが見えてきた。

先触れでリラズが到着する時間を知っていたのだろう、スタンバーグ侯爵がエントランスホールで迎え入れてくれた。

「よく来てくれたね、待っていたよ」

目尻に皺を寄せて微笑む壮年の侯爵は、ガーシェルムを丸くしたような印象の男性だ。

ちらりと見えた左手にある大ホールには、大勢の使用人が出入りしている。今夜のパーティの準備で忙しいのだろう。

「お久しぶりです、侯爵。お忙しい中、お迎えくださりありがとうございます」

「そう畏まらなくてもいい。そのうち、娘になるのだから」

侯爵の言葉にリラズははにかんで、頭を下げた。

侯爵はリラズにはもったいないくらいの、優しい義父だ。

「今日は泊まっていくのだろう？　客間を準備してある。ガーシェルム、案内してあげなさい」

「はい」

ガーシェルムに連れられて、リラズは客間へと案内してもらった。

屋敷の客間にはこれまた立派な調度品が置かれていて、リラズは少し緊張してしまう。

「ホールの準備が終わるまで、まだ少し時間があるな。茶でも淹れよう」

「あ、なら私が」

部屋に備え付けられたティーセットに手をかけたガーシェルムを見て、リラズは慌てて代わろうとする。

「君はまだ客人だろう。今日は私がやるさ」

ガーシェルムに促されて、リラズは椅子へと腰かけた。

ガーシェルムは、手慣れた様子でお茶を淹れていく。淹れたてのお茶を口に含むと、豊かな茶葉の香りがした。

「美味しいです。お茶を淹れるのも上手いんですね」

「魔法薬作りと似ているからな」

リラズの正面に座って、ガーシェルムは自分の分のお茶を飲む。

お茶と魔法薬作りを同列に語るガーシェルムに、果たしてそうだろうかと、リラズは首を傾げた。

「今日は妙に大人しいな。緊張しているのか？」

「そりゃあ、緊張しますよ。婚約発表の日なんですから」

ガーシェルムの婚約者になれるのは嬉しいが、リラズのことを快く思わない人間も多いだろう。

なかなか婚約者を作らなかったスタンバーグ家嫡男を狙っていた家は多いのだ。

やっと決まった婚約者が他の侯爵家や伯爵家の令嬢ならともかく、リラズでは不満に思うに違いない。

しかも、リラズはつい最近までヒレールと婚約していた。

円満に婚約を解消したし、婚約者が代わるなんてそう珍しいことではないが、それでも攻撃の材料になりうる。

上手く対応できるだろうかとリラズが胃を痛めていると、ガーシェルムが心配するなと笑う。

「大丈夫だ。今日はあくまで身内に向けたパーティだからな。君を攻撃してくる人間はいない」

「そうなんですか？」

「君が学園に入れば心ない言葉を投げる者もいるかもしれないが、そのときは私が君を守る」

堂々と守ると言われて、リラズは嬉しさと恥ずかしさに頬を赤くした。

本当にガーシェルムなら、何からでもリラズを守ってくれそうだ。

「守られるだけじゃなく、ちゃんと自分でも対処できるよう頑張ります」

ガーシェルムの気持ちは嬉しいが、すべてをガーシェルム任せにしてしまうわけにはいかない。

彼の婚約者として相応しいと認められるよう、自分も努力していかなければとリラズは心に誓った。


婚約披露のパーティは、スタンバーグ家主催にしては小規模で行われた。

といってもそれなりに人数はいるが、同じ派閥内の人間やガーシェルムたちに好意的な人間しか招待されていない。

ガーシェルムたちが挨拶をしたときも、和やかな雰囲気で受け入れてくれた。

招待客が次々と祝いの言葉を述べてくれる中、見知った顔がリラズのもとへとやってきた。

「リラズ、おめでとう」

「ヒレール！　それに、アレラさん？」

盛装したヒレールの隣に、桃色のドレスを着たアレラが寄り添っているのを見て、リラズは目を丸くした。

「婚約おめでとうございます、リラズさん。それとも、來実さんって言ったほうが良いかな？」

「え？」

どうしてアレラがそのことを知っているのか。

驚くリラズに、ヒレールがばつの悪い顔をした。

「ごめんね。僕が話した」

「事情はヒレールさんから聞きました。まさか、來実さんがヒレールさんの婚約者だったなんて、本当に驚きました」

「えっと、ごめんなさい。騙(だま)していたわけじゃなくて、あのときは私も記憶がなかったんです」

アレラにとっては、驚いたどころの話ではないだろう。婚約者本人を相手に、ヒレールへの気持ちを相談していたのだから。

リラズが気まずい気持ちで告げると、アレラは首を左右に振った。

「大丈夫、ちゃんと分かっていますから。それに、私も願いが叶ったので」

そう言って、アレラはヒレールの腕にそっと手を添える。

アレラに触れられて、頬を赤くしながらはにかんだヒレールを見て、リラズは目を瞬(またた)いた。

「なるほど。ヒレールも婚約者の心配はしなくていいんだね」

「まあ、そういうこと」

幸せそうに笑うヒレールを見て、リラズも自然と笑顔になった。

同意の上とはいえ、リラズと婚約解消したことでヒレールの縁談に影響が出るのではないかと心配していたのだ。

アレラは身分こそ低いが、全属性魔力の持ち主というアドバンテージがある。ソーフェル家にとっても良い縁談になることだろう。

なによりも、ヒレールとアレラが幸せそうなことが、リラズは嬉しかった。

「正式に決まったら君にも連絡するよ。それじゃあ、また学園で」

「リラズさんが入学してくるのを楽しみに待ってます」

挨拶(あいさつ)もそこそこに去っていくふたりを見送って、ガーシェルムはふっと笑う。

「アレラが私ではなく、ヒレールを選んで残念だったな」

散々アレラとガーシェルムをくっつけようとしていたリラズへの皮肉だろう。

からかうような言葉にリラズは苦笑して、ガーシェルムの腕を掴(つか)んだ。

「ガーシェルムは私のものですから。アレラにだって渡しませんよ」

冗談めいた言い方で、リラズは自分の意思をガーシェルムに伝える。

たとえガーシェルムの幸せのためでも、もう誰かにガーシェルムを譲る気はなかった。

ガーシェルムはそっとリラズを引き寄せる。

「ここがパーティ会場でなければな。今すぐ君を抱きしめて唇を奪ってやりたい」

耳元で甘くささやかれて、リラズは顔を朱色に染めた。

「ガーシェルム！」

「分かっている。パーティが終わるまではなにもしない」

ふっと笑ったガーシェルムの吐息が耳に触れて、リラズは落ち着かない気持ちになった。

パーティが終わるまでは、ということは、終わったあとは何かするつもりなのだろうか。

リラズは期待と羞恥で速くなる鼓動を誤魔化すように、ドレスの布を指でもじもじといじり続けた。

特に大きなトラブルも起きず、パーティはつつがなく終了した。

招待客を見送ってから、リラズは用意された客間へと移動する。もうすっかり夜は更けていることもあり、部屋には夜着が用意されていた。

ドレスを脱いで着替えたいが、これをひとりで脱ぐのは難しすぎる。

使用人の手を借りようとリラズが決めたそのとき、部屋のドアがノックされた。

誰かが着替えを手伝いに来てくれたのかと思い入室の許可を出すと、部屋の中に入ってきたのはガーシェルムだった。

「今日は疲れただろう、湯の準備ができたそうだ」

「わざわざガーシェルムが伝えに来てくれたんですか？」

「使用人は会場の片づけで忙しいからな。湯殿はこっちだ」

いくら忙しいとはいえ、ガーシェルムが自ら使用人の仕事を代わるものだろうか。

不思議に思いながらも、リラズは案内されるままガーシェルムの後ろについて歩く。

湯殿に着くやいなや、ガーシェルムはリラズと共に部屋に入り、ガチャリと錠をかけた。

「ガーシェルム⁉」

「ドレスを脱ぐのに、手伝いが必要だろう？」

ほくそ笑むガーシェルム。

わざわざ湯殿の案内に来たのはそれが狙いだと気づき、リラズは顔を赤くした。

「私もちょうど湯を浴びたかった。一緒に入ろう」

「あの、婚前の男女でそれは、少し問題があるのでは……？」

「私たちはすでに肌を重ねた仲ではないか。それに、婚約者同士だ。問題はない」

婚前交渉ではあるが、婚約者同士であれば、肌を触れあわせることはおかしくない。

この世界には避妊に使える魔法もある。それに、もし子ができれば予定を早めて籍を入れればいいだけだ。

「君に触れたいんだ。駄目か？」

まっすぐに請われてしまえば、拒絶などできるはずがなかった。それに、ガーシェルムに触れたいと思っていたのはリラズも同じだ。

リラズが頷くと、すぐさま頬にガーシェルムの手が触れた。

ガーシェルムの顔が近づき、優しく何度もリラズの唇を啄む。

その甘やかな口づけに、慣れないパーティで緊張していた身体が解れていくようだった。

ガーシェルムはゆっくりとリラズのドレスの紐を解いていく。

コルセットを脱がすことには慣れていないのか、少しもたつきながら紐を解く様子が愛おしい。

素肌にガーシェルムの視線が注がれる。

「來実のときとは少し違うな」

「あ、あんまり見ないでください」

生まれたままの姿にされ、リラズはガーシェルムの視線から逃れるように手で身体を隠した。

病弱だった來実よりはマシとはいえ、リラズも肉が薄く小柄な部類だ。

羞恥で赤くなるリラズに微笑むと、ガーシェルムも自らの衣服を寛げ始めた。

「気になるなら、先に湯に入っていると良い」

ガーシェルムの言葉に従って、リラズは先に湯に浸からせてもらうことにした。

屋敷の湯殿は広く、ガーシェルムとふたりで入ってもずいぶん余裕がありそうだ。お湯の中には香草が浮かべられていて、リラックスできるいい香りが漂っている。

リラズがお湯の中で手足を伸ばしていると、少し遅れてガーシェルムがやってきた。

ランプに照らされた湯殿は薄暗く、湯煙で視界が曇っているため、ガーシェルムの姿ははっきりと見えない。

けれども、シルエットだけでも彼の身体が引き締まっているのがよく分かった。

「入るぞ」

ひとこと断ってから、ガーシェルムは水面を揺らしてリラズの隣に座った。

さすがにガーシェルムも疲れていたのか、湯に浸かると緊張の解けた長い吐息を吐き出した。

先ほどまではリラズも同じようにリラックスしていたが、すぐ間近に座るガーシェルムが気になって、再び身体が硬くなってしまう。

ガーシェルムは、ふっと笑うとリラズの身体を抱き寄せた。

「そう緊張するな。こっちに来い」

「あっ」

身体を抱き寄せられ、リラズはガーシェルムの足の間に座らされる。

背後から身体を抱きかかえられるような体勢になって、リラズの背中にガーシェルムの胸板が密着した。

「ガーシェルム、この体勢は……」

「なんだ？」

「っ！」

恥ずかしさにリラズが文句を言おうとしたら、耳のすぐ後ろで喋(しゃべ)られて、思わず言葉が途切れてしまった。

リラズは彼の声に弱いのだ。

それを思い出したのか、はたまたリラズの反応が楽しいのか、ガーシェルムは背後からリラズの耳を甘噛みした。

「ひゃっ」

湿り気を帯びた舌で耳朶(じだ)を撫でられると、ビクリと身体が震えた。

ゴーストだったときよりも、なんだか感覚が敏感になっている。

「ガ、ガーシェルム。少し、離れて」

「私に触れられるのは嫌か？」

「違う、嫌とかじゃないんですけど……」

身体が敏感になってしまっているなんて、恥ずかしくて自分から言えるはずがない。

「だけど？」

「っん！」

ガーシェルムの唇が再び耳朶を掠めて、またしても微かに声が漏れてしまう。

その反応でリラズの状態に気づいたのか、ガーシェルムは薄らと口元に笑みを浮かべた。

「嫌ではないのなら、遠慮する必要はないな」

ちゃぷんと水が動く音が聞こえたのと同時に、ガーシェルムの手がリラズの肌の上で動き始めた。

耳をいじる唇はそのままに、太ももをゆっくりと撫でられる。

「ん……ふあぁ」

敏感な箇所に触れられたわけでもないのに、身体が反応してしまう。

ガーシェルムの手はじゃれるようにリラズの太ももの上を動く。

ときおり、つけ根のあたりに近づいては去っていく手はリラズを焦らしているようだった。

來実として生を全うしたときも、リラズとして生まれ変わってからも、男性に身体を触れられた経験はない。

だが、ゴーストのときにガーシェルムに与えられた快楽は、しっかりと覚えていた。魔法薬で実体化した紛い物の身体だったというのに、ガーシェルムに抱かれると気持ちが良いのだと、魂に刻み込まれてしまっている。

実体を得たこの身体でガーシェルムに触れられれば、いったいどうなってしまうのだろう。

リラズの胸は期待に高鳴ったが、ガーシェルムは肝心な部分には触れず、もどかしい刺激を与え続けている。

「んっ……ガーシェルム……」

もっと触れられたくなって彼の名前を呼ぶと、ガーシェルムの手がリラズの胸へと移動した。

來実のそれよりも少し大きいリラズの胸の感触を楽しむように、ガーシェルムは掌全体で弄ぶ。

「はぁ……んっ……」

ガーシェルムの掌が動くたび、來実の口から艶めいた吐息が漏れる。

指先で胸の尖りを摘まれると、その声はひときわ高く響いた。

「來実のときよりも、敏感になっているな」

耳元でくすくすと笑うガーシェルムの吐息が、リラズの官能をさらに煽る。

ガーシェルムの言う通り、少し触れられただけなのに、リラズの胸の先端は硬く尖ってその存在を主張し始めている。

すると、ガーシェルムは今度は両の手でリラズの胸を攻め出した。

「んっ、はぁ……ああっ」

親指で尖りを押し潰され、あるいは摘まんで転がされるたびに、リラズの声は大きくなっていく。

だが、湯殿は声がよく響く。下手をすれば、廊下を通る使用人に声が聞こえてしまうのではないかと我に返り、リラズは慌てて唇をきつく結んで声を抑えた。

「大丈夫だ。ここの音は、そう簡単に外に漏れたりはしない」

リラズが声を出すのを耐えていることに気づいて、ガーシェルムが声をかけるが、それでもリラズは浴室に響く声が気になって口を開けない。

そんな彼女を咎めるように、ガーシェルムはキュッとリラズの両胸の先を摘まんだ。

「あんっ、だめ、んんっ」

「抵抗するな。私はもっと、君の声が聞きたい」

耳元でささやかれながら敏感な尖りを集中的に攻められると、リラズはもう声を抑えることができなくなった。

ゴーストのときもたまらなかったが、肉体を得ての刺激はそれ以上だ。

ガーシェルムが与える刺激に反応して、お湯の中で彼女の胸先は完全にぷくりと硬く起ち上がってしまっている。

さらに刺激を与え続けられると、次第にリラズのお腹の奥が疼き始めた。

胸ばかりではなく、もっと奥まで触れてほしい。

早く、ガーシェルムとひとつになりたい。

リラズが太ももを擦りあわせると、ガーシェルムは胸を攻める手を下腹部へと移動させた。

ガーシェルムの指が触れたその場所は、お湯の中でも分かるほどにぬるりと濡れている。

「君の身体は素直だな。私のほうが我慢できなくなりそうだ」

ガーシェルムの言葉を証明するように、リラズのお尻には硬く起ち上がった彼の感覚があった。

彼も自分を求めていることを知り、リラズは嬉しくなってしまう。

「……私も、今すぐガーシェルムが欲しいです」

こうして共に湯殿(ゆどの)に入った時点で、ガーシェルムもそのつもりだったはずだ。

リラズは心のまま彼を求めたが、ガーシェルムは堪(こら)えるような表情で首を左右に振った。

「そうはいかない。君の身体はもう仮初(かりそめ)のものではないんだ。きちんと準備をしないと、苦しむだろう」

当然ながら、リラズの身体は生娘だ。薬で実体化したときと違って、破瓜(はか)の痛みもあるだろう。

ガーシェルムは、リラズになるべく苦しい思いをさせないよう慮(おもんぱか)ってくれているのだ。

「私だって今すぐにも君が欲しいが、痛い思いはさせたくない」

そう言うと、ガーシェルムはリラズの身体に快楽を教え込むように、丁寧に愛撫を開始した。

愛液でぬかるんだ秘所をガーシェルムの指先が這うたびに、リラズの身体がびくびくと跳ねる。

「はぁ、んっ、ああ」

ごつごつとした指先が、恥丘の先にある小さな尖りに触れた。掠(かす)めるたびに、びりびりと甘い刺激が身体を苛(さいな)む。

強すぎる刺激から逃れようとリラズが身体をひねると、後ろから抱きかかえられた腕に邪魔をされた。

「逃げるな。しっかりと解しておかなくては」

「あっんん、ガーシェルム、そこ、ダメっ」

身体を押さえ込まれ、リラズは快楽から逃れることもできない。

ゴーストだったときにすでに知っているはずなのに、それを上回る快楽に、すぐにも呑み込まれてしまいそうだ。

ぐりっと大きくガーシェルムの指が花芽を押し潰した瞬間、快楽の波がリラズの身体を駆け巡った。

じんとした甘い痺れに頭の奥が真っ白になり、あまりの心地よさにじわりと目尻に涙が浮かぶ。

達したのだとリラズはすぐに理解した。

全身に行き渡った甘い痺れはお腹の奥に収束して、まだ足りないと、ガーシェルムを求めるように疼き始める。

「ガーシェルムぅ……」

お腹の奥がもどかしくて、リラズは吐息を乱しながら、強請るようにガーシェルムの名を呼んだ。

快楽に溶けたリラズの顔を見て、ガーシェルムの喉が上下に動く。

けれども彼は、すぐさまその剛直をリラズに押し込むような真似はしなかった。

代わりに指をリラズの蜜壺へと差し入れる。

「あっ、ぅん、あああ……はぁん」

ガーシェルムが指を埋めた途端、リラズの内壁が蠢き彼の指を締めつけた。まだ狭いその場所を指でゆっくりとかき回される。

長く太い指は、求めていた快楽をリラズに与えてくれるものの、物足りない。

早くガーシェルムとひとつになりたいと腰を動かすリラズを窘(たしな)めるように、彼の指は丁寧に隘路(あいろ)を解していく。

リラズが吐き出す甘い吐息に混じる、ぐじゅぐじゅという水音はお湯のそれだけではない。

ガーシェルムを求めて、リラズの身体はもう溶けきっているのだ。

「んっ、ああっ、ガーシェルム、お願い……」

リラズは内側の疼(うず)きに耐えながら、身体を反転させてガーシェルムにキスをした。

彼が欲しくてたまらない。

その想いを伝えるように、自(みずか)らガーシェルムに舌を絡ませる。

「んっ、リラズ……」

ひとつになりたくてたまらないのは、ガーシェルムも同じだったようだ。ガーシェルムの下腹部には血液が集中し、すぐさま彼女を貫(つらぬ)きたいと主張を続けている。

「リラズっ」

ガーシェルムはリラズの舌を押し返し、彼女の口内を犯し始めた。同時にリラズの腰を掴(つか)んで、己(おのれ)の剛直を彼女の下腹部に押し当てたものの、中へ入り込むことはせず、入り口部分に己(おのれ)を擦(こす)りつけるにとどめる。

ベッドもないこの場所での交わりは、まだ慣れていないリラズの身体に負担を強(し)いてしまうと思ったのだろう。

「んっ……はぁ……」

口づけの合間に、リラズの悩ましげな声が漏れる。

気がつけばガーシェルムの上に跨がり、リラズは上下に身体を揺さぶられていた。挿入こそしていないものの、ぴったりと身体が密着し、すぐ近くにガーシェルムを感じる。

敏感な場所をガーシェルムに擦られて、またしてもリラズの身体は高まっていく。

気持ちいい、けれど、少し物足りない。

互いに互いを貪るように身体を揺らし、荒い吐息が重なっていく。

しばらくその体勢で互いを求め合っていると、またしても絶頂の予兆がリラズを襲った。

頭の奥が甘く痺れていき、気持ち良くなること以外考えられなくなる。

「はっ、あぁああ、も、イっちゃう……」

リラズの余裕がなくなったのを見て、ガーシェルムはリラズの花芽を強く擦った。

それを合図に快楽が弾けて、リラズはぐったりとガーシェルムにもたれかかった。

甘い余韻に浸るリラズの頭を、ガーシェルムが優しく撫でる。

リラズの下腹部では、ガーシェルムがその硬さを失わないまま、もどかしげに揺れていた。

「ガーシェルム、もう……」

達したばかりだというのに、空虚なままのリラズの内側はガーシェルムを求め続けていた。

「分かっている。部屋に移動しよう」

ガーシェルムはそう言うと、リラズを抱き上げてお湯から出た。

上手く力の入らないリラズの身体を拭くと、簡単に夜着を着せる。

そのまま急いでリラズの客室へ戻り、ガーシェルムはベッドの上にそっと彼女を横たえた。

お湯と快楽の余韻で、まだ身体中が火照っている。

ギシリとベッドが鳴って、ガーシェルムがリラズの上に覆いかぶさった。

「すまない。君に痛みは与えたくないのに、これ以上はもう持ちそうにない」

着たばかりの夜着をもどかしげに剝ぎ取りながら、ガーシェルムは焦れた表情で告げる。

これ以上待てないのは、リラズも同じだった。

散々焦らされたリラズの内側は、すぐにもガーシェルムが欲しいと疼き続けている。

リラズが頷くと、ガーシェルムはリラズの足を左右に押し開き、入り口に己を押し当てた。

浴室でとろけ切ったリラズのそこは、恥ずかしいほどぬかるんだままだ。

「リラズ、愛している」

愛をささやきながら、ガーシェルムは一気にリラズを貫いた。

「っ……！」

望んでいた圧迫感。同時に、身体を裂かれる鈍い痛みがリラズを襲う。

けれども、ガーシェルムが丁寧に解してくれたおかげか、破瓜の痛みは想像していたよりも強くない。それよりも、ガーシェルムとひとつになれた喜びで、リラズの胸は満たされていた。

「リラズ、平気か？」

「大丈夫です。……ガーシェルムとひとつになれて、嬉しい」

強がりでもなく、心の底からの笑みを浮かべるリラズを見て、ガーシェルムはほっと息を吐く。

（本当に、この人はどこまでも優しい）

得体の知れないゴーストだった來実に同情して、魔法薬を開発してくれたり。

自分の身を顧みず、眠るリラズを救ってくれたり。

こんなにも素敵な人が、自分を好きでいてくれる。

ガーシェルムと共にいられる奇跡に、リラズは感謝せずにいられなかった。

「ガーシェルム、愛してます」

「私もだ。君は凝り固まった私の世界を変えてくれた。誰かを愛する喜びを教えてくれた」

同じ気持ちを噛みしめるように微笑んで言うと、ガーシェルムはゆっくりと腰を動かし始めた。

身体の奥を穿たれるたび、快楽だけではない多幸感で胸がいっぱいになる。

もっとガーシェルムとひとつになりたい。

そんな欲から、気づけばリラズもガーシェルムに合わせて腰を動かしていた。

「んっ、はぁ……ああっ、ガーシェルム……」

リラズが切なげに名を呼ぶと、優しい口づけが落ちてくる。

どこまでもぴたりと重なって、このまま溶けてしまいそうなほど幸せな気持ちになる。

しばらくゆるゆると腰を動かしていたガーシェルムだったが、リラズの様子を見てその動きを少し速めた。

ガーシェルムと繋がった幸せに浸っていたリラズにも、次第に余裕がなくなってくる。

「んっ、はぁ、ああっ」

「肉体を得ても、感じる場所は同じなのだな」

弱点を見つけたとばかりに、ガーシェルムはリラズの奥をトントンと叩く。

痺れるような快楽に翻弄され、リラズは甘い声を上げながら身体を震わせた。

リラズの弱い場所は、ガーシェルムにすでに知られている。けれども、身体を巡る官能はゴーストだったときよりもずっと激しい。

ガーシェルムが腰を突き入れるたびに、リラズの奥がどんどん潤んでいく。愛液が熱棒にかき混ぜられ、ぐちゅぐちゅと卑猥な音を奏でた。

初めに感じた痛みは、もう欠片も残っていない。ただただ気持ちが良くて、このまま溶けてしまいそうだ。

「はっ……きついな。すぐ、もっていかれそうだ」

ガーシェルムが快楽に耐えるように、きゅっと眉根を寄せてつぶやく。

情欲と切なさがないまぜになったサファイアの瞳に、思わずリラズは見惚れてしまう。

けれども、綺麗だと思う余裕さえ、すぐにガーシェルムに剝ぎ取られた。

「あっ、んんっ、あああっ」

ガーシェルムの動きが、嵐のように激しくなる。

突き上げられる快楽の波に耐えきれず、リラズはぎゅっとガーシェルムにしがみつきながら、硬い屹立を締め上げた。

その刺激でガーシェルムの男根も脈打ち、精を彼女の中へと注ぎ込む。

目の前がチカチカするような悦楽のあと、リラズがふっと力を抜くと、ガーシェルムの優しいサファイアの瞳と視線がぶつかった。

「リラズ。これからはずっと一緒だ。共に人生を歩んでいこう」

「はい」

ガーシェルムの優しい腕に包まれて、リラズは幸福を噛みしめながらそっと目を閉じた。

健康な身体に産まれたこと、ガーシェルムと出会えたこと、彼と愛し合えたこと。

ただ生きるだけではない。愛する人と苦楽を共にできる人生が、この先に待っているのだ。

來実だったときの記憶があるからこそ、リラズはこの幸せがかけがえのないものだと知っている。

「ガーシェルムに出会えてよかった」

心からの愛をこめて、リラズはガーシェルムに口づけをした。

エピローグ

シャーロン魔法学園の生活は、新緑が生き生きと輝き出した夏に始まる。夏とはいっても、気温の変化が激しくないこの地域では汗ばむようなことはない。

真新しい夏の制服を着たリラズは、少し緊張しながら転移装置のゲートを潜った。

学園は寮生活だが、荷物は事前に学生寮へと送ってある。今は最低限の荷物が入った鞄を抱えながら、リラズはどこか懐かしい気持ちで魔法学園の敷地内を歩く。

入学するまで関係者以外出入りできない学園だが、リラズはすでにどんな造りになっているかを知っていた。

今日は新入生が揃って学園入りする日のためか、どこか落ち着かない様子で寮へと向かう生徒が目立つ。

そんな中、堂々とした佇まいで、彫像にもたれかかっている男がいた。

最終学年である証のバッジを制服につけた美しいその男性は、リラズを見て顔をほころばせた。

「リラズ、待っていたぞ」

「ガーシェルム！」

愛しい婚約者を見つけて、リラズは笑顔で駆け出そうとしたが、慌てて踏みとどまった。

そして、姿勢を正して優雅に会釈をしたあと、ゆっくりと彼のもとへと近づいた。

「お迎えくださり、ありがとうございます」

取り繕った様子のリラズを見て、ガーシェルムは思わず笑った。

肩を震わせるガーシェルムを、リラズはむっとして睨みつける。

「ガーシェルム、笑うなんて酷いです」

「すまない、あまりにもらしくなくてな。色々と頑張っているんだって？」

「家庭教師に戻ってきてもらって、礼儀作法の覚え直しですよ」

正式にガーシェルムとの婚約が決まってから、リラズは勉強漬けであった。

なにせ、リラズは侯爵家に嫁げるほどの淑女教育は受けてきていなかったからだ。

ガーシェルムはそれでもいいと言ったが、公の場で取り繕える程度の作法は身につけておかなければならない。

「君の気持ちは嬉しいが、私はいつもの威勢のいい君が好きだ。畏まるのは公の場だけにしてくれ」

ガーシェルムの言葉に、リラズはほっと息を吐く。

どうにかマナーは覚えたものの、やはりずっとお淑やかにしているのは疲れるのだ。

「ありがとうございます」

安堵した顔のリラズを見て、ガーシェルムはくすくすと笑った。

「しかし、嬉しいものだな。君が頑張ってくれているのは、私のためだろう？」

「私のせいで、ガーシェルムが馬鹿にされたりするのは嫌ですから」

ガーシェルムは優秀だが、『スタンバーグ家といえば水魔法』というイメージはいまだ根強い。スタンバーグ家のくせに水魔法が使えない次期当主だと、ガーシェルムをあざ笑う人間は皆無ではないのだ。

リラズという格の低い子爵家の娘を娶(めと)ることで、ガーシェルムへの攻撃材料が増えてしまうかもしれない。それを心配したリラズは少しでも彼の荷物にならないよう、努力しようと決めた。

「言いたい人間には言わせておけばいい。領地を富ませて結果を出せば、陰口もおのずと減っていくさ」

自信あふれるガーシェルムの言葉に、リラズは目を瞬(また)いた。

以前のガーシェルムには、水魔法を使えないコンプレックスから来る焦りのようなものがあった。けれども、今のガーシェルムにはそれが見当たらない。

水魔法が使えるようにならなくても、自身の力でコンプレックスを乗り越えることができたのだ。

「あ、いたいた。リラズさん。入学おめでとうございます」

「リラズ、おめでとう」

リラズを見つけて、祝福の言葉をくれたのはアレラとヒレールだった。

仲睦(なかむつ)まじそうに歩いてくるふたりを見て、リラズも思わず笑顔になる。

「ヒレール、アレラさん！」

またしても大声で挨拶(あいさつ)しそうになったが、リラズは慌てて声を落として姿勢を正す。

「ありがとうございます。無事、こうして魔法学園の門を潜ることができました」

スカートを摘まんでカーテシーをすると、ぷっとヒレールが噴き出した。

「苦労しているようだね」

「失礼な。これくらいなら、今までだってできました」

ヒレールはリラズが畏まっているのが面白いようで、くすくすと笑う。

彼はエフォドから、リラズが家庭教師に叱られている様子を聞いているらしい。

「僕らのところは田舎だし、社交の機会は多くないけど、侯爵家ならそうはいかないだろうからね」

「……私も勉強しなきゃいけませんよね」

リラズとヒレールの会話を聞いて、顔を青くしたのはアレラだった。

庶民の出身のアレラは、リラズと違って社交のマナーを一から学ばなければならない。

リラズたちの婚約披露パーティでも、そのあと開いたヒレールとの婚約発表の場でも苦労しているようだった。

アレラは男爵家に引き取られてすぐの入学だったため、社交を学ぶ時間もなかったのだろう。

「よければ次の休みにでも、一緒に勉強しませんか?」

「え、いいんですか?」

「もちろん」

リラズが誘うと、アレラは嬉しそうに目を輝かせた。

子爵家に嫁ぐアレラと侯爵家に嫁ぐリラズでは、学ばなければならない範囲がかなり違うが、それでも勉強にはなるだろう。

アレラと一緒に勉強するのは、きっと楽しいに違いない。

想像して、リラズは自然と笑顔になった。

「それじゃあ、僕たちは先に行くよ」

「リラズさん、またね！」

ふたりはひらひらと手を振りながら去っていく。

その背中を見送って、ガーシェルムがふっと口元をほころばせた。

「あちらも、上手くやってるようだな」

「ふたりが幸せそうで、なによりです」

言いながら、リラズはにやにやと頬が緩むのを止められなかった。

「ずいぶん嬉しそうな顔をしているな」

「だって、やっとこうして学校に通ってみたかったっていう夢が叶ったんですよ」

友達とたわいない会話をして、休日の約束をする。

世界や形は少し違うが、リラズが来実だったときにずっと憧れていた日常を体験できているのだ。

リラズがそう言うと、ガーシェルムはそっと彼女の手を握った。

「これからは、願いを諦める必要なんてない。君がしたいと思ったことは、私がすべて叶えてやる」

ガーシェルムの言葉に、リラズの胸の奥が熱くなる。

ガーシェルムはいつだって、諦めようとした彼女の望みを拾い上げてくれるのだ。

とはいえ、もう十分すぎるくらい、ガーシェルムには願いを叶えてもらっている。

ただガーシェルムと一緒にいられれば、これ以上、望むことなんてない。

そう言おうとして、けれどもリラズは口を噤んだ。

そういえば、ひとつだけガーシェルムに叶えてもらいたい願いが残っていた。

「じゃあ、私の買い食いにつきあってください」

以前、ガーシェルムが來実の代わりに買い食いをしてくれた、ピタのサンドウィッチ。

あのときは見ているだけだったが、本音を言えばどんな味がするのか、食べてみたかったのだ。

「いいだろう。デートのやり直しだな」

ガーシェルムはにやりと笑って、繋いだ手に力をこめた。

失敗した魔法薬

リラズが魔法学園に入学してから、半年が経過した。

前世ではできなかった学園生活を、彼女は心から満喫している。

明日は久々の休日で、リラズはカティブ家に戻ってアレラと一緒に家庭教師のもとで淑女教育を受ける予定だ。

明日のことについて話そうと、リラズはアレラの寮部屋へと向かう。

部屋の扉をノックするが、あいにく返事はなかった。まだ部屋に戻ってきていないのだろう。扉の前で出直すべきかと考えていると、通りかかった女子生徒に声をかけられる。

「アレラさんなら、調薬室に行くって言ってたよ」

見慣れない生徒だったが、最終学年のバッジをつけているのでアレラと同学年だ。声をかけてくれた生徒にお礼を言って、リラズは調薬室へと向かった。

女子寮から中庭を通って調薬室へと向かうと、薬草の香りが漂(ただよ)ってくる。

ガーシェルムは寮部屋に魔法薬を作る器材が揃っていたが、あれは侯爵家だからこそだ。リラズやアレラのような普通の生徒は、魔法薬を作るのに調薬室を使わなければいけない。

調薬室の扉を開けてそっと中を覗くと、ビーカーをかき混ぜているアレラの姿が見えた。

邪魔をしないようにリラズは静かに室内に入る。ゆっくり近づいてみるが、調薬に集中しているのかアレラはリラズに気づいていない様子だった。

アレラがビーカーからワンドを引き抜くと、薬液がカッと光ってピンク色に変わった。

調合が終わったのだと理解して、リラズはようやくアレラに声をかける。

「アレラさん、こんにちは」

「わわっ！」

リラズの存在に気づいていなかったアレラは、驚いて大きくその場から飛び退く。

そのはずみでビーカーが傾いて、中に入った薬液がリラズにかかってしまった。

「ひゃっ！」

「リラズさん!?　す、すみません！」

アレラは慌ててハンカチを取り出すが、魔法薬はすっとリラズの肌に吸収されて消えた。

困った顔をするアレラに、リラズは申し訳ない気持ちになる。

邪魔をしないよう静かに近づいたのが、かえって驚かせる結果になってしまった。

「ごめんなさい。私が驚かせてしまったからですね」

「い、いえ。集中していてリラズさんに気づかなかった私が悪いんです」

「でも、せっかくアレラさんが作った魔法薬を無駄にしてしまいました」

アレラが持つビーカーの中に、薬液はほとんど残っていない。魔法薬を作るのには色々な薬草が必要なのだ。その材料を無駄にしてしまったことになる。

「いえ、これは課題で作っている魔法薬なので、大丈夫なんですが……」

課題の魔法薬であれば、材料となる薬草は学校が支給してくれる。

「それでも、アレラさんがせっかく作ったのに」

「どうせ練習で何度も魔法薬を作っているので、気にしないでください。それよりもリラズさんが心配です。身体に異常はありませんか？」

アレラに心配されて、リラズは少し不安になった。

「そういえば、なんの魔法薬だったんですか？」

「疲労回復薬を作る予定だったんです。だけど、失敗しました」

疲労回復薬は薄い黄緑色の薬液だが、アレラが最終的に作った魔法薬はピンク色に発光していた。

目的通りの魔法薬が作れなかったのは、一目瞭然(いちもくりょうぜん)だ。

失敗した魔法薬はどんな効果になっているか分からないので、すぐさま廃棄するよう講義でも注意されている。

「念のため、医務室に向かいましょう」

「今のところ、なんともないみたいですけど」

「遅れて薬効が出てくることもありますから」

アレラに強く言われて、リラズは医務室へと向かった。

けれども魔法医の先生は席を外しているようだ。無人の医務室を見て、アレラは難しい顔をする。

「先生を呼んできます」

「大事にすることもないですよ。今のところ、何の効果も出ていませんし」

魔法薬が失敗して、薬効がなくなった可能性もある。

リラズは平気だと言い張ったが、アレラは駄目だと釘を刺した。

「もう少し様子を見てみないと分かりません」

「じゃあ、先生が戻ってくるまでここで待ってますから。アレラさんは調薬室に戻ってください」

薬液をかぶってしまったリラズに、アレラは調合器具も片づけずに付き添ってくれたのだ。

「そんなわけには……」

「本当に大丈夫ですから。私が迂闊に声をかけたせいで、アレラさんの邪魔をしてしまって本当にすみません」

リラズが改めて謝罪すると、アレラは迷うように視線を泳がせた。

「人を呼んできてから、片づけに戻ります」

調薬室をそのまま放置するのもまずいと思ったのだろう。アレラは申し訳なさそうにリラズに告げた。

「ところでリラズさんは、私にご用だったんですよね？」

「ああそうだ。明日の勉強会なんですけど、午後からに変更になったんです」

本来の目的を思い出して、リラズは慌ててそう言った。

「分かりました。じゃあ、明日は午後になったらお伺いしますね」

アレラはそう頷いてから、医務室を出て行った。

ひとりになった医務室で、リラズは調薬室での行動を反省した。

魔法薬の調合は神経を使う作業なのだ。アレラの調合が終わるまで、部屋の外で待っているべきだった。そうすれば、彼女を驚かせることもなかったのに。

（アレラさん、魔法薬学は苦手なんだなぁ）

基本的に優秀なアレラだが、こうして放課後に課題の練習をしているということは、調合が得意ではないのだろう。

そんなことを考えながら先生が戻ってくるのを待っていると、少しずつ身体に異常が出始めた。

胸が苦しくなって呼吸が荒くなる。体温も上がってきているようで、なんだかゾクゾクと悪寒までしてくる。

（あ……これ、まずいかも）

おそらくは魔法薬の影響なのだろう。

少し迷ってから、リラズはベッドを借りることにした。風邪のような症状なので、横になれば少しは楽になるかと思ったのだ。

「っ……んん」

ベッドに這い上がると、なんだか服の衣擦れ（きぬずれ）が気になった。

布が肌に触れる少しの刺激ですら身体が反応してしまう。

（身体……熱い。頭もぼうっとする……）

身のうちに渦巻く熱に苛まれながら、リラズは無意識に内ももを擦りあわせた。

「んっ」

小さな刺激に思わず声が出て、リラズはハッとする。

そういえば、ゲームの中でアレラが魔法薬の調合に失敗するイベントがあった。

調合に失敗したアレラが作り出したのは、媚薬だったのだ。

（ま、まさか……あの魔法薬って……!?）

リラズが心の中で悲鳴をあげた瞬間、ガラッと医務室のドアが開いた。

「リラズ、無事か」

「ガーシェルム！」

血相を変えて医務室に駆け込んできたのは、婚約者であるガーシェルムだった。

彼はベッドに横たわるリラズを見つけると、ぐっと眉間に皺を寄せた。

「先ほどアレラに会って、君が効果の分からない魔法薬を浴びたと聞いた」

彼の顔は青く、息を切らしている。リラズを心配して慌てて駆けつけてくれたのだろう。

その気持ちを嬉しく感じていると、ガーシェルムがリラズが寝るベッドへと近づいてくる。

「ベッドに寝ているということは、身体がつらいのか？」

「あの、えっと……」

心配するガーシェルムに、リラズはどう返事をするか迷った。

「顔が赤い。熱があるのか？」

「んんっ」

ガーシェルムの手が額に触れると、リラズは艶めいた声を漏らした。

過敏なリラズの反応に、ガーシェルムは目を丸くする。

「あ、あの、ガーシェルム、それが……」

こうして会話している間にも、リラズの身体は異常を訴えていた。

お腹の奥が熱くて、鎮めてほしいとばかりに疼いてきたのだ。

「毒の効果があってはまずい。今すぐに魔法医の先生を……」

「待って！」

先生を呼びに行こうとしたガーシェルムを、リラズは慌てて呼び止める。

リラズが浴びたのがゲームと同じ媚薬であるなら、治療法はひとつしかない。

「ガーシェルム……あのっ……身体が熱くて……」

羞恥で顔が赤くなる。熱で潤んだ目でガーシェルムを見つめると、彼はごくりと喉を鳴らした。

「私、この魔法薬を知ってるんです。前世で見た書物で、アレラが使うはずだった魔法薬」

「まさか、媚薬か？」

以前、來実がガーシェルムに話したことを思い出したのだろう。

ガーシェルムルートに入ると、媚薬の毒に侵されたアレラをガーシェルムが介抱することになるのだ。

リラズが頷くと、ガーシェルムは顔を赤くした。

「つまり……君は今、媚薬の毒に蝕まれているのか」

「……だと思います。その……身体が、疼いて……」

リラズが内ももを擦ると、ガーシェルムは息を詰めた。

「……解毒方法は分かるか？」

「それが……その、男の人に、慰めてもらうしか……」

消え入りそうな声でリラズが言うと、ガーシェルムは分かったと頷き、ベッドに上った。

リラズを押し倒すような体勢になって、ガーシェルムは熱のこもった目で彼女を見下ろす。

「君は私が解毒する」

「んっ……」

唇をガーシェルムに奪われる。性急に唇を割り入ってきた舌は、容赦なくリラズの口内をいじった。

「はっ……んん……んむっ」

舌を絡められ口蓋をなぞられると、あまりの気持ち良さに背中が震えた。

媚薬の毒はリラズの口内まで敏感にしているようだ。

このままガーシェルムに抱かれてしまいたい。

身体はどうしようもなく彼を求めているが、リラズの理性が彼を押しとどめた。

「んっ……ふぅ……ガーシェルム……だめ……」

そっとガーシェルムの胸を押して、リラズは首を左右に振る。

ここは学園内の医務室なのだ。そういう行為をするには、あまりにも不釣り合いな場所である。

「先生が戻ってきたら……」

「では、戻る前に終わらせればいい」

「あっ」

ガーシェルムはリラズの制服の隙間から手を差し込む。ごつごつとした手で足をなぞられ、リラズはぴくりと身体を震わせた。

制服がめくれあがって、白い肌が露出した。

ガーシェルムの手は上へと上っていき、リラズの太ももを撫でる。

「んんっ」

まだ敏感な部分には触れられていないのに、声が漏れるのを止められない。

リラズの反応に、ガーシェルムの吐息も荒くなっていく。

「いつもより反応がいいな」

「だって……身体、熱くて……ああっ」

太ももを撫でていたガーシェルムの指が、リラズの下着に触れる。

まだキスしかしていないのに、そこはもう彼を求めるかのように、どろどろに溶けてしまっていた。

「もうこんなに濡らして。ここがどこだか分かっているのか？」

「だって……ひっ、んんんっ、薬のせい……で……ああっ」

下着の上からガーシェルムが指を動かせば、驚くほどに身体が反応してしまう。

ここは学園で、放課後とはいえまだ生徒は残っている。

医務室に誰が入ってくるか分からないし、先生だっていつ戻ってくるかも分からない。

そんな状況なのに、リラズの身体はその先を求めて蜜を垂らし続けている。

「はっ……ぅん、あああっ」

ガーシェルムの指が下着の隙間から入り込んできた。

指先が花芽を掠めると、リラズの身体が大きく跳ねる。

こうしてガーシェルムと睦み合うのは久しぶりだ。

学園内で毎日会話はしているが、ゴーストだったときと違って、男子寮に入ることなどできない。

ゆえにガーシェルムと肌を合わせることができるのは休日だけになるが、その休日もガーシェルムは領地のことで多忙だったし、リラズも勉強に時間を取られている。

学園で毎日会話できるのは幸せだったが、その分、触れたいという欲求が溜まっていた。

媚薬に侵された身体では、それを止めるのは難しい。

「あんっ……ガーシェルム……だめぇ……っ」

これ以上されては、声が抑えられなくなる。

(せめて……どこか見つからない場所で……)

快楽から逃れようとリラズは身体を捩るが、ガーシェルムは容赦なく彼女の身体を押さえつけて、
指先で花芽を引っ掻いた。

「そんな声で駄目だと言われても、止まれるはずがない」

「あああっ！」

弱い場所を攻められて、すぐさま達してしまいそうになる。

大きな声が出そうになって、リラズは慌てて手で口を塞いだ。

「ふっ……んんんっ！」

必死で声を押し殺しながら、身体を震わせてリラズは達した。

ベッドのシーツは乱れ、制服もぐちゃぐちゃになっている。

こんな場所で達してしまったのが恥ずかしくてたまらないのに、昂った身体はその先を求めて疼いている。

「ガーシェルムぅ……」

縋るようにリラズは彼の名を呼んだ。

やめてほしいのか続けてほしいのかも、もう分からない。

「煽るな。手加減できなくなってしまう」

ガーシェルムはそう言うと、リラズから下着を取り去った。

制服を寛げると、すでに硬く反り返った屹立を取り出し、先端をリラズに押し当てた。

熱い熱杭が入り口に触れただけで、リラズの蜜口は期待でひくりと蠢く。

「挿れるぞ。そのまま、声を抑えて――っ」

言葉と同時に、熱杭が隘路を広げていく。

待ち望んでいた感覚に身体は震え、喜びのまま声をあげそうになるのを必死で耐えた。

「ふっ……んんっ……んんんっ」

ぎゅっと唇を引き結んで、口元を手で押さえる。

それでも押し殺した嬌声が漏れるのを止められない。

「リラズ……」

ガーシェルムが甘く名前を呼び、ゆっくりと腰を振った。

求めていたものを与えられて、リラズの身体は喜びながらきゅうきゅうと熱杭を締めつける。

リラズは必死で声を抑えたが、結合部から卑猥(ひわい)な水音が漏れるのはどうしようもない。

静かな医務室にあまりに不釣り合いなその音は、リラズの羞恥(しゅうち)を煽(あお)った。

「んっ、ふっ……ひんっ……ンんんっ」

恥ずかしいと思うほど情欲をかき立てられ、気持ち良さが増していく。

これ以上、もう声を我慢できない。

リラズがぎゅっと唇を噛むと、それに気づいたガーシェルムが口元を押さえる手を取り払った。

「そんなに強く噛むと、唇が傷つく」

「でも……あああっん」

「口なら、私が塞(ふさ)いでやる」

そう言って、ガーシェルムはリラズにキスをした。

舌を絡めとられながら、身体を大きく揺さぶられる。

「ふっ……ぅんん……はぁ……んむっ」

激しい口づけと快楽に、リラズは息もできない。媚薬に蝕まれた身体は熱く、脱がされないままの制服に汗が染みていく。

救いを求めるように、リラズはガーシェルムの背に腕を回した。

その身体の逞しさを感じると、よりいっそうお腹が疼いて熱が増す。

ガーシェルムの動きが速くなり、リラズの腰を掴むと奥を何度も突き上げる。

たまらない快楽がせり上がってきて、リラズはガーシェルムを抱く腕に力をこめた。

「ふっ……んんっ……もっ……んんんっ！」

絶頂の予感にリラズは身体を震わせる。

そのまま快楽の渦に身を委ねようとした瞬間、コツコツと誰かの靴音が近づいてきた。

「っ！」

医務室前の廊下に誰かがいる。現実に引き戻されて、リラズは身体を硬くした。

緊張で汗が噴き出して、鼓動が速くなる。

(どうすればいいの？)

リラズが息を殺していると、ゆっくりとガーシェルムの腰が動いた。

「ひっ……！」

思わず声をあげそうになって、リラズは慌てて声を殺した。

こんな状態で続けるなんて、信じられない。

思わずガーシェルムを睨むが、彼は熱っぽい目でリラズを見下ろしたまま、笑みを浮かべている。

「……大丈夫だ」

ガーシェルムが耳元でささやく。

いったい何が大丈夫なのか。文句を言いたくなったが、声を出すことなどできるはずがない。

リラズが必死で耐えている間も、ガーシェルムは動きを止めなかった。

達する直前だった身体は、緩やかな動きでも簡単に翻弄されてしまう。

「っ……ぅん……ンっ」

必死で声を殺しながら、やめてほしいと彼の制服を強く掴む。

医務室に近づいてきた足音は、扉の前でぴたりと止まった。同時にガタッと扉が小さく動く。

医務室のベッドにはカーテンがない。扉を開けられてしまえば、ベッドでの行為がすぐに見られてしまう。

どうしようと両目をぎゅっと瞑るが、医務室の扉が開けられることはなかった。

「あれ……鍵がかかってる？」

廊下から聞こえたのは、男子生徒の声だった。

彼はそのまま何度か扉を揺らしたが、やがて諦めたように医務室前から立ち去った。

足音が完全に聞こえなくなってから、リラズはほっと息を吐き出した。

「ガーシェルム、鍵をかけていたんですか？」

「いや、こいつを使った」

ガーシェルムは悪戯っぽく笑うと、制服のポケットからワンドを取り出した。

どうやら魔法を使って扉が開かないよう細工をしていたらしい。

「結界魔法の応用だ。音声も遮断しているから、声を出しても外には聞こえない」

「へ？」

声を出しても大丈夫だったのだと知って、リラズは顔を真っ赤にした。

どうりで、人が近づいてきても平気そうに行為を続けたわけだ。

「どうして教えてくれなかったんですか！」

見られるかもしれないと、とても緊張したのだ。

魔法を使ったのであれば、そう言ってくれればよかったのに。

「必死に声を我慢する君が、あまりにも可愛くて」

「ガーシェルム！」

リラズは思わずガーシェルムを睨むが、彼は楽しそうにくすくすと笑う。

「君のこんな姿を、誰かに見せるはずがないだろう」

ガーシェルムはそう言うと、深く腰を突き入れた。

「ああンっ！」

「この声を誰かに聞かせるのも嫌だ。今は結界があるから、いくら声を出しても私以外には聞こえない」

だからもっと声を聞かせろと、ガーシェルムは激しく身体を揺さぶった。

緊張から解放されて、リラズの身体は素直にガーシェルムを締めつける。

「あっ、ひぃん、あっ、ああン」

求められるままに、リラズは夢中で声をあげた。

内壁を擦られるたびに、あまりの快楽にぎゅっと熱杭を締めてしまう。

「声を出さないよう耐えているリラズも良かったが、こうして素直に乱れる姿もたまらない」

獲物を狙う獣のように喉を鳴らして、ガーシェルムはリラズの腰を掴んだ。

楔を奥深くまで押し込んで、気持ちのいい場所を何度も突く。

媚薬で過敏になっている身体を執拗に攻められて、あっという間に追い詰められた。

「っあ、あっん、ガーシェルム……もうっ」

達しそうになってガーシェルムを見つめれば、彼も苦しげな顔でリラズを見つめ返す。

「そんなに締めるな。私も……一緒に……っ」

深く突き上げるのと同時に、ガーシェルムの指が花芽を押し潰す。

その刺激でリラズは快楽の果てへ叩き落とされ、ガーシェルムも身を震わせながらリラズの奥へと欲望を放った。


医務室での行為は、媚薬の効果が抜けるまで続いた。

完全に薬が抜けきった頃には、リラズの喉はからからに渇き、身体から力が抜けていた。

「もう大丈夫そうだな」

「……大丈夫……じゃないです」

媚薬の効果は抜け切ったが、代わりに腰が砕けてしまった。

恨みがましい目でガーシェルムを睨むリラズを、彼は優しく撫でる。

「うぅ、学園の医務室でこんなことするなんて……」

「媚薬の毒を抜く医療行為なのだから、問題ないだろう」

「問題ありますよ！　いくら魔法で結界を張ったからって、恥ずかしすぎます」

リラズは真っ赤になりながら、すっかり乱れてしまった制服を直した。

着たまま激しい行為をしたので、ところどころが皺になってしまっている。

「そう思うなら、迂闊に魔法薬を浴びないようにすることだ」

ガーシェルムはリラズの顎を掴むと、正面から顔を覗き込んだ。

ぶつかった視線は、どこか苛立ちを含んでいる。

「アレラが私に伝えてくれて助かった。あの状態の君を他の人間に見られたらと思うと、肝が冷える」

「本当に、すみません」

もしも立場が逆で、媚薬に侵されたのがガーシェルムだったら。そして、その側に自分がいなかったらと考えると、リラズの胸にモヤモヤとした気持ちが浮かぶ。

ガーシェルムが他の人間と肌を合わせる可能性なんて、考えたくもない。

「心配だ。今は私も学園にいるから良いが、来年は卒業してしまう」

ガーシェルムは卒業後、領地に戻って仕事をするのだ。学園の生徒でなければ魔法学園には滅多に立ち入れない。

「ガーシェルムを心配させないよう、もっと注意力を身につけます」

「そうしてくれ。もっとも、君がいくら慎重になったところで、心配してしまうがな」

ガーシェルムはそう言って、リラズの身体を優しく抱きしめた。

「私が卒業すると同時に、君を領地に連れ去ってしまいたい」

切なげにささやかれて、リラズの顔が赤くなる。

ガーシェルムとの婚姻は、リラズの卒業を待って行われる予定である。

求められることが嬉しくて、リラズは抱きしめるガーシェルムの腕をそっと撫でた。

「ガーシェルムが望むなら、それでも良いんですよ」

学園を卒業してから結婚するのが一般的だが、在学中に婚姻を結ぶ生徒がいないわけでもない。

もしもガーシェルムが不安になるなら、リラズは学園を辞めても良いと思っていた。

リラズの言葉にガーシェルムは考えるように沈黙するが、しばらくして首を左右に振る。

「駄目だ。学園に通うのは君の夢だっただろう？　それを邪魔するつもりはない」

本当はそれを望んでいても、ガーシェルムはリラズの希望を優先してくれる。

どこまでも優しく甘い彼の言葉に、リラズは満ち足りた気持ちになった。

「ただ、待つのは卒業までだ。そのあとは、嫌だと言っても領地に来てもらうぞ」

「嫌だなんて言いませんよ。すごく、楽しみです」

魔法学園での毎日は、本当に楽しくて充実している。

けれども、ガーシェルムの妻として過ごす毎日は、きっと今よりも幸せだろう。

ガーシェルムが卒業すると同時に、本当に彼について行ってしまいたいくらいだ。

けれども、立派な妻になるためには学園で学ぶことも大事なのである。

「來実の夢は学生生活を送ることだったけど、今の私の夢はガーシェルムの妻になることですから」

叶えてくれますよねと、リラズはガーシェルムに口づける。

それに応(こた)えるように、ガーシェルムは深い口づけを返した。

この作品に対する皆様のご意見・ご感想をお待ちしております。

おハガキ・お手紙は以下の宛先にお送りください。

【宛先】

〒150-6008 東京都渋谷区恵比寿4-20-3 恵比寿ｶﾞｰﾃﾞﾝﾌﾟﾚｲｽﾀﾜｰ 8F
（株）アルファポリス　書籍感想係

メールフォームでのご意見・ご感想は右のＱＲコードから、
あるいは以下のワードで検索をかけてください。

アルファポリス　書籍の感想

ご感想はこちらから

乙女ゲー転生に失敗して推しに取り憑いたら、
溺愛されちゃいました！

大江戸ウメコ（おおえど うめこ）

2023年 12月 25日初版発行

編集－羽藤瞳
編集長－倉持真理
発行者－梶本雄介
発行所－株式会社アルファポリス
〒150-6008 東京都渋谷区恵比寿4-20-3 恵比寿ｶﾞｰﾃﾞﾝﾌﾟﾚｲｽﾀﾜｰ8F
TEL 03-6277-1601（営業）　03-6277-1602（編集）
URL https://www.alphapolis.co.jp/
発売元－株式会社星雲社（共同出版社・流通責任出版社）
〒112-0005 東京都文京区水道1-3-30
TEL 03-3868-3275
装丁イラスト－敷城こなつ
装丁デザイン－AFTERGLOW
（レーベルフォーマットデザイン―團 夢見（imagejack））
印刷－中央精版印刷株式会社

ISBN978-4-434-33240-1 C0093